姚風　著

深海點燈

目次

輯一　朝著光

輯二　紀念

輯三　寫在水上

輯四　母語

輯一

朝著光

黑夜之書

我打開一本黑夜的書
一群蝙蝠迎面撲來

獵殺了所有的星辰之後
牠們吊掛於我的肩膀上

時間熔成一個岩洞
我在裡面失去了身體和光源

我打開一本黑夜的書
卻無法把它合上

魚化石

向著你淚水的海
多少人去了
帶著一把湯匙

我也去了
去做一條魚

撫摸

為了更溫柔地撫摸
我拔掉了所有的指甲
反正它們也是閒著

你說，把骨頭也剔了
就是世界上最大的蛆了

白夜

我的心中充滿了黑暗
什麼也看不見
甚至那些聲音
也像一塊塊黑布
蒙住了我的眼睛
我渴望光明，永遠的光明
我對一位歐洲女詩人
訴說了我的苦悶和希望
她告訴我
在她那個寒冷的國家
許多人因為漫長的光明
不是精神失常
就是自殺

遠方之歌

你又向我說起了遠方
就像採訪名人一樣
問我如果我去一個小島
我會帶些什麼
當然，我會先帶上你
然後再帶上我

循著你的聲音
我看見一隻蒼蠅在盤旋
最後，在世界地圖上落成一個黑點
是那個小島嗎
蒼蠅還在昏睡
我們就要啟程

彼岸

夜的彼岸是什麼
一群期待的文字，一艘抵達的船
還是一棵挽住秋風的樹

兩隻耳朵夾住腦袋，一塊
不會思想的三明治。
把月亮戴在手腕上，沒有指針
游絲是狂風，是黑暗的細節

酒精打開肉體的活塞
欲望在轟鳴，泥濘飛濺
抓住一隻手臂，從這邊的黑夜
渡向彼岸

福馬林中的孩子

在病理室
看見你坐在福馬林中
冰冷，浮腫，蒼白
卻沒有腐爛的自由
嘴唇微微張開
還在呼喚第一聲啼哭
緊攥的小手
抓住的只有自己的指紋

你沒有腐爛的自由
你讓我對生活感到滿足
呵，自由，腐爛的自由
我畢竟擁有

車過中原

火車在穿越大地
成熟的玉米收容了陽光

歲月漫漫
它們作為種子
無數次地躺下
又作為糧食
無數次地爬起來
它們像我一樣微笑著
滿嘴的黃牙
沒有一顆是金的

與馬里奧神父在樹下小坐

馬里奧神父陪我走出聖安東尼教堂
留下耶穌仍在祭臺上受難
我們坐在樹下，風在吹，葉子有了方向
神父滔滔不絕，滿臉神聖的表情之中
人間的紅色粉刺含苞欲放
手指像哥特式的塔尖，指向雲端
自鳴鐘在那裡敲響了虛無
信仰與上帝，罪惡與拯救
在苦難與罪惡的學校中
我曾背誦這些詞彙，學習批鬥肉體
在抵達的路上俯首、祈禱、仰望
如今，死去的人已經死去
沒有死去的，向我描述地獄
而天堂，是我已被切除的器官
沒有的時候，才感到它的存在
這存在隱隱作痛
馬里奧神父不知道的疼痛

征服者

攀登珠穆朗瑪峰的人
半路死了好幾個
倖存的，登上了峰頂
他們面對鏡頭，揮舞著旗幟
讓全世界都看到
他們征服了世界第一峰
只有被鏡頭省略的夏爾巴人
默默地站在角落裡
他們是腳夫，算不上征服者
只要付給兩千美金
他們可以幫助任何征服者
征服珠穆朗瑪峰

法國人的麥子

浪漫的法國人
在號稱世界第一街的香榭麗舍
種了麥子

收割的時候到了
我帶著一把鐮刀
來到巴黎

我要把香榭麗舍大街的麥子
運到天安門廣場晾曬
這是號稱世界第一的廣場
這裡有一群
最會曬麥子的農民

南京

細雨濛濛，我又來到了南京
法國梧桐仍用漢語交談
雨花石似乎洗淨血跡，坐在街邊的水盆中
向遊客睜大繽紛的眼睛

我喜歡南京
喜歡和這裡的朋友聚在酒吧
談一談祖國、詩歌和女人
但這些南京大屠殺倖存者或罹難者的後代
從未跟我談起歷史

一九六八年的奔跑

我跑了起來
因為我看見一群人
向一個方向奔跑
我不知道
他們為什麼要跑
但知道，我為什麼要跑
因為他們在跑

陷阱

必須消滅敵人
在他們的必經之路
我挖了一個陷阱
然後躲在灌木叢中
期待著
一聲撕破空氣的慘叫

又一個黑夜即將過去
陷阱裡傳來
蛐蛐的歌唱，青蛙的歡叫
繁星如棋，彎月如刀
露水打濕了我的全身

壞人

我懷疑一些人是壞人
但依舊把他們當成好人
就像法律
在審判之前
所有的犯罪嫌疑人都推定為無罪
而壞人
是那些戴著鴨舌帽
叼著煙捲的人
他們在我童年的銀幕上
作惡多端
如今，我已長大成人
已經割掉青春的尾巴
和天真的盲腸
因此我受到更多的傷害
但在我的周圍
始終沒有發現戴鴨舌帽的人

植物人

人從地上站立起來
就開始用語言命名大千世界
玫瑰花開花落
不知道自己叫做玫瑰
君子蘭也不知道
自己和君子有何關係
此時我遠離語言學和植物學
無言地坐在老張的床邊
他渾身插滿管子
像一株茂盛的植物
我轉移視線，窗外的樹
已經伸展所有的葉子
在玻璃上投下快樂的斑影
我最後看了一眼老張
他睜開了雙眼
但他什麼也沒有看見

詩人的午餐

在法羅，我們坐在大海邊
我們用詩句歌頌大海
我們用牙齒
把一條大魚剔成大海的胸針

鏡海

我和兩歲的女兒來到海邊
她是第一次看到大海
對她而言，這不是海
她還不知道海這個詞
大海，只是很大很大的一盆水
她掙脫我的手
快樂地向大海深處奔去
頭髮飄動，在陽光中燦如王冠
她像一條小魚奔跑，大聲喊叫
竟沒有一絲的恐懼
是啊，她還沒有開始學習恐懼
而我，一個已在恐懼中學習半生的人
站在陽光的後面
感覺一下子就老了
大海波平如鏡
折射的光芒都是蒼蒼白髮

黃昏的收藏者

我讚美晨曦，我在驕陽下流汗
我看見太多的死亡
在送葬的樂曲中
我習慣了葬禮與節哀
眼睛不再流淚，而是一粒粒石頭

此時，河流反光，群山將隱
我收藏黃昏，提煉最後的黃金
我曾相信
和你在一起就抵達了天堂

而夜色多麼曖昧，多麼迷茫
在這燈紅酒綠的一隅
是誰在揮霍我的餘生

黃昏的雨

你們敲打著屋頂和門窗
多麼急促，一群光著屁股的孩子
渴望著收留

而我不是河流，不是大地
甚至百孔千瘡的身體
不是一塊海綿
在水中，我只是一頭容易腐爛的動物

雨越來越大，一雙雙
漸漸粗大的手，緊緊抓住屋簷
不肯離去

炙熱的石頭

大約在夏天
你給我一塊炙熱的石頭

我把它放在左手
又把它放在右手

日子翻來覆去
石頭漸漸涼了
我的手收藏了所有的陰影

一聲鳥鳴

麻醉師塞給我一本朦朧詩
在我不喜歡的詩歌中
美麗的女護士迅速凋零

之後，不知道經歷了什麼
再次睜開眼睛
發現鄰床的王先生已去向不明
代替他的，是一個呻吟的青年

陽光依然明媚，像快樂的孩子
在我的病床上嬉戲
窗外，一聲鳥鳴告訴我
「你的器官已被摘除」

情人

在骨灰盒裡
我的每一粒骨灰還保存著爐膛的餘熱
鮮花簇擁，對人世我戀戀不捨
我聽見哀樂沉重徐緩
親人節制但悲痛地抽泣
來賓在鞠躬時骨骼和衣服發出細微的聲響
大公無私，光明磊落，低音的悼詞
刪除了我一生中的瑕疵
在悼詞的停頓之間，我更聽見了
站在最後一排右數第三個女人的低哭
突然間，骨灰盒閃出火光
那是我化悲痛為力量
每一粒骨灰又燃燒了一回

中國地圖

我要感謝那個繪製地圖的人
你用玫瑰的色彩
描出祖國遼闊的疆域
用綠色標出高山峻嶺
用藍色標出河流大海

在九百六十萬平方公里的土地上
你種下了玫瑰
黃河洗淨泥沙，長江奔流如碧
海天一色，沒有污染
滿目青山，伐木者早已遠去

彩色的地圖，玫瑰園般絢麗
我彷彿看見，可愛的人民
在水之湄，在花園間
勞作，繁衍，生息
他們用晶瑩的汗水澆灌玫瑰
他們用一生的時間彼此相愛

那血是我的

燈散開白髮，紙
更加蒼白
我寫不出一個字
蚊蟲隱形飛機一般
嗡嗡作響
我分不清它們的雌雄
但不能不關心生活的痛癢
必須聚精會神
啪啪啪，我打在
自己的臉上、大腿上
或者其他舉手可及的地方
那血是我的
哪怕我無法留在血裡
也要留在身上

為大平煤礦死難礦工而寫

一具屍體抬出來了
又一具屍體抬出來了
再抬出來的，還是一具屍體
烏黑，但堅硬，像劣質的煤塊
你們，即使在爆炸中
也沒有感到溫暖的你們
被送進了爐火熊熊的火葬場
黑色的煙霧
把下過地獄的人送往天堂
而在人間，寒風逼近，能源短缺
火葬場
被納入國家的供暖系統

讀史偶感

夜讀史書，至唐安史之亂
大將張巡困守睢城
城中無食
於是殺掉愛妾
分給兵士果腹
眾人不忍
而張巡高呼
「諸公為國戮力守城
一心無二
巡不能自割肌膚以啖將士
豈可惜此婦人！」

讀至此處，我不禁掩卷
認真打量著
身邊已進入夢鄉的女友

殘荷圖

——在澳門藝術博物館觀八大山人畫展

逃避風雨，你把自己磨成一團團墨
潑灑出去，滿紙都是天昏地暗
都是故國披頭散髮的哭泣

這心中的苦痛，只能折磨自己
只能折磨滿目的荷花
用枯筆摧殘它們，直至殘枝敗葉

孤鷹、殘荷、枯花……它們不知道
這大好河山，已多少次淪為故國
已被多少顆落地的頭顱，砸得滿目瘡痍

而你，為什麼不畫出一把刀、一把劍
你塗抹的墨色中
為什麼從未逼出一滴鮮血

旅途

把身後的影子搓成一根韁繩
牽著路，這匹老馬
默默前行
每天，夕陽都是一次流產
鐘錶積攢了足夠的時間
黑夜沒有前方
只有周圍的黑暗
一根根火柴從身體中抽出
在昏暗的牆壁上
撞破紅色的頭顱

天體浴場

無論是革命還是自由
都要從身體開始
只允許一絲不掛的天體浴場
滿地都是亞當和夏娃
像是一群海象
慵懶地享受六月的陽光

美麗或醜陋，年輕或衰老
自由地橫陳
在這原始而平等的天堂
要掐住的只是誘惑之蛇
此時，它只能在心中蠢蠢欲動

好奇的你悄悄逃離禁慾的牢籠
向著天堂潛游
在臨近的海面，你伸出腦袋窺望
你的下體把整個大西洋都變得巨大
但你只是張望

你沒有勇氣走進赤裸的天堂
從天體浴場的海面歸來
你說你不敢裸露
你的身體，在白天是制服
在黑夜只是黑夜

暮年

當你老了，丟掉全部的牙齒
被不是兒孫的人抬進醫院
醫生沒有任何遲疑
放下了冬天的聽診器：
回家吧，該吃點什麼就吃點什麼

魚刺卡住河流的喉嚨
美食對飢餓已失去了意義
你看到別人的眼睛裡
全是你的皺紋，像是秋後的田地
荒涼，孤獨，一望無際
出於習慣的力量，你伸出雙手——
掙扎的蚯蚓
找到的盡是堆積的煙塵
廢墟的瓦礫、窒息的喊叫
你知道春天已經癱瘓
種子是無法下嚥的糧食
你閉上眼睛，心的降落傘

拖著身體向深處墜落
窗外只有天空，飛旋的星辰
像一群閃亮的蒼蠅
撞碎玻璃上的黑夜

黑暗中的人性

張老突然死了，腦溢血
其實他不太老，享年才六十三歲
三年前，他在一次審查中得以過關
但受到驚嚇，不久就中風了
行動不便，嘴角歪斜，吃喝拉撒都要人幫助
但頭腦清醒，每天喜歡坐在街邊
垂流著口水曬太陽
看車水馬龍，人來人往
每逢看見漂亮女性走過
他還會目光炯炯，春風拂面
這表明，他的身體可能不行了
但心理依然健康而正常
怎麼說走就走了呢
在整理他隨身的遺物中
發現了一個安全套
橘紅色的包裝尚未拆開，但已磨損
看來，身殘志堅的他
摩挲這「維納斯內衣」有些時日了

實際上，我們和他一樣
都在黑暗中把真實的人性隱藏
或者說，堅守

趙四

嚴格而言，趙四算不上殘疾人士
他的右手無非長出一根六指
它萎縮、畸形，好似沒有生命
這是他身體多餘的部分
也是最無用的部分

每次與趙四握手，我都有這種感覺
但趙四說，六指和他血肉相連
也會流血，也會疼痛

阿拉法特的孤獨

沒有巴以衝突的時候
阿拉法特很孤獨

他那個空姐出身的嬌妻
喜歡住在巴黎

鋼筋水泥砌成的官邸
長夜有些難捱

他除下方格子頭巾
一個人在上面玩國際象棋

每一次廝殺
他都殺死了以色列的王

最後時刻的齊奧塞斯庫

他高聲朗誦詩聖柯什布克的詩句：
「寧願雄獅般地戰死疆場，
決不做套著鎖鏈的奴隸。」
一個士兵把他拉出了院子
衛隊舉起了槍
他隨即唱起《國際歌》
「起來，饑寒交迫的……」
子彈向他射來
他又喊：「打倒叛徒！」
又是一陣彈雨
他趔趄了一下……但沒有倒下
反而站立起來
然後像一根柱子似的
直挺挺地向後倒下
他是睜著眼睛死的
他至死都認為
不是人民槍斃了他，而是叛徒

檸檬

走進院子，就像這個季節
走進了檸檬樹
金色的果實，緊緊抓住陽光
如你小小的乳房
不會飛翔

是的，它們很小
但畢竟是你的檸檬
你的乳房

鴕鳥

我只能用面孔
去改變鏡子裡的事物
水銀已凝成冰冷的大字
——坦白從寬，抗拒從嚴

屈從明天，那即將放棄的部分
一個生活的被告
終於供出所有的祕密
就像咳出最後一口濃痰

因此，我變得更加沉默
把頭埋進胸膛，就像鴕鳥
用翅膀埋葬了天空與飛翔

理想

我的理想
是做一名建築師
是建一座三百層的政府大樓
官員們匆忙地進進出出
因為裡面沒有廁所
廁所，建在低矮的南區

狼來了

狼來了
羊們沒有跑
只是停止了吃草
牠們排成整齊的隊列
像一壟壟棉花

狼嗥了一聲：天氣真他媽熱！
所有的羊
都脫下了皮大衣

埋葬

早晚會得到一具屍體
為了埋葬，要砍掉幾棵樹
要剷除一片青草
還要讓一塊石碑跪在地上

而在非洲草原
一頭獅子用牙齒和利爪
撕咬老病的同伴
然後扯一塊涼爽的夕陽
擦一擦嘴唇

母親

老狼撕開叼來的羊
肉給兩隻狼崽子吃
自己吃骨頭
夜深了
狼崽子鼓著小肚子睡去
老狼戴上花鏡
在月光下用羊毛紡線
心裡盤算著
如何用一隻羊的羊毛
織出兩件毛衣

天鵝飼養場

在養雞場
老闆王滿發告訴我
現在雞太多了
他打算以養雞的方式
飼養天鵝
癩蛤蟆吃不到天鵝肉的歷史
即將過去

說起癩蛤蟆龐大的消費群
他搓著臉上的粉刺
嘿嘿一笑

白鴉

看看那些詩行
多像一條條電線
上面站著絕緣的烏鴉
為了重新命名
我把烏鴉養在籠子裡
每天只餵雪白的大米
我想一直餵下去
子子孫孫餵下去
總有一天
烏鴉會變成白鴉

朝著光

把光還給燈盞
天也就黑了
是誰
攔截了一隻飛蛾
訓練牠
如何留在黑暗

經過無數次的訓練
飛蛾
終於折斷了翅膀
牠無法再飛
拖著夜色
像蝸牛
朝著光緩緩爬去

鹹魚

鹹魚如何翻生
你曾經在水中翱翔，尋找那根銀針
曾經許下海枯石爛的誓言
曾經跳出水面，俯視滔滔海浪
如今，你懸掛在太陽之下
風，抽乾你身體中的每一滴大海
命運強加給你的鹽
醃製著大海以外的時間

但你不肯閉上眼睛
你死不瞑目，你耿耿於懷
你看見屋簷的雨，一滴滴匯成江河
一條鹹魚，夢想重回大海

進香

每登一步
山頂的寺廟
就放大了一點
終於看見
暗紅色的大門
緊緊關著
不知道和尚是否還在
但在八月
寺內的桂花
一定開了

喜歡一頭畜生

在阿連特茹
看見這匹馬，高貴，強健
白色的鬃毛，像牠的本性那麼純淨

牠靜靜吃著青草
不時抬起蹄子，或用尾巴驅趕馬蠅
簡單，純粹，完美的造物
明亮的眼睛裡沒有摻雜一絲雜質
除了吃草和奔跑
牠並不思索如何過得更好

我心生柔情，輕輕撫摸牠的皮毛
在我孤獨的內心，在這易變的塵世
喜歡一頭畜生
比喜歡一個人更加容易

不能一概而論

今天之後還有明天
但不能一概而論
最高的地方是天空
但不能一概而論
所有的糧食都知道飢餓
但不能一概而論
動物園裡都是動物
但不能一概而論
站著做愛的人沒有床
但不能一概而論
人比豬跑得快
但不能一概而論

大海為什麼還在咆哮

遍地都是殘破的貝殼
你對我說，這些是失明的眼睛
那些是失聰的耳朵

而我的五官多麼健全
因為和你在一起
我對這個世界再沒有怨恨
只有傾聽、凝視和領受

但大海為什麼還在咆哮
我看到大海一次次站起來
捲起浪花的袖子
在礁石上不停地磨刀

沉默

我們終於把沉默
放在我們中間
就像擺下一張巨大的桌子
但上面什麼也沒有
宴會早已結束
我們誰也沒有坐下
只有靜寂
偶爾鳥兒鳴叫一聲
牠們也喜歡說夢話
而我們今夜無夢
風吹動你的頭髮
像一聲聲嚎叫

遺物

病床破舊，桌子上
塑膠花不會凋零，已落滿灰塵
健康的家屬們，用一道哭泣的牆
圍著親人
窗外，木棉花正在怒放
映在窗子上，像是咳出的一口口血

我們開始整理遺物：記事本、手提電話
鏡子、梳子、外套、皮鞋、滋補藥品
其中那塊精工牌手錶，滴答滴答
仍舊跑個不停

那片天空

鳥兒已經夭亡
但我還保留著籠子
保留著鳥兒
曾經跳躍的那片天空

為了讓那片天空繼續天空
我代替了鳥兒的位置

裝滿糧食的乳房

我讚美乳房
我在讚美中去攀登，去迷失，去戰慄
引領我前行的是她們
走在她們前面的是她們的乳房
但七十三歲的乳房，還是乳房嗎
啊，那垂向大地的乳房
那至今讓我難忘的乳房

在母親遠離的日子裡
在弟弟飢餓的號啕中
在黃昏朦朧的逆光中
奶奶把她的乳房塞進弟弟的嘴中
這乾癟的乳房
這醜陋的乳房
這爬滿皺紋的乳房
像兩隻空空的面袋，垂在她的胸前
和美學無關，和性感無關
和矽膠無關，和乳罩無關

它們曾經飽滿，裝滿了糧食
只想再一次把糧食裝滿

醉東風

1

大聲歌唱，歌聲抵達的地方
才是天堂。

春風推開窗戶，
掠走我們的衣裳。

2

那些鳥，在大地上誕生，
在大地上死亡。

身體只是天空，
我們一起飛翔。

3

你交給我艱巨的任務：
儘快治好

那些盲人的眼睛。
是他們製造了
籠罩我們的黑暗。

4

大海撒了一把鹽，
在我的唇間，
然後轉過身，走向你的船。

5

多想天天撫摸你，
但撫摸是個孤兒。
我的右手找到的
只是我的左手。

6

我摘掉一枚枚葉子，
只為看清
你結出了怎樣的果實。

7

世上只有兩種人：死去的人
和正在死去的人。
誰都無法省略死亡，
我想和你一起死去。

8

石頭終於開花了，
我搬來另外一些石頭，
當作綠葉。

9

陽光照亮我尋找的東西，
但在黑暗中，
嘴唇尋找的是嘴唇。

10

愛情讓世界只剩下兩個人，
大街上攢動的人群，
只是大街而已。

11

在馬里亞納海溝
點亮一盞燈，
為你找回那枚絕望的戒指。

沙粒

我們在海邊漫步，這大海
多麼慷慨，用一萬年
把礁石磨成一粒粒光滑的沙子

你笑著，把一捧沙子放在我的手中
說，這裡有黃金

大海依舊擊打著礁石
手中的沙粒，折射出點點金光

我多希望，這些閃光的沙粒
別從我的手中溜走
別在須臾間
帶走我的雙手，帶走我的身體

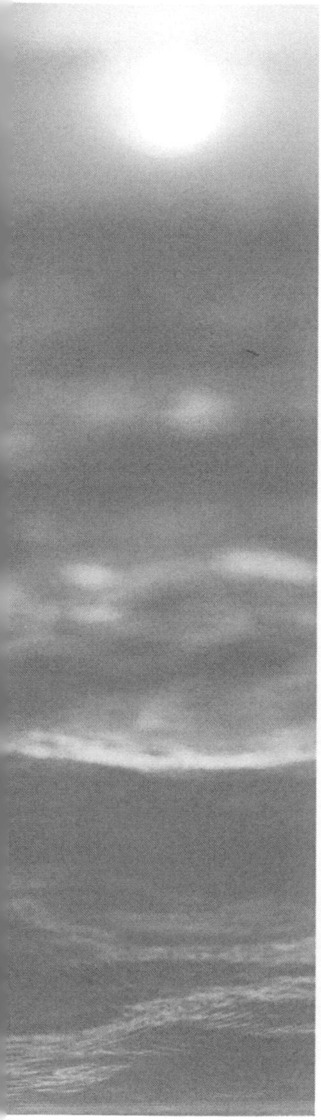

輯二

紀念

是否可以忘記

我又回到了京城
在夏天，在擁擠的車流中，在渾濁的空氣裡
但陽光依然明媚
更多更高的樓宇，讓人顯得渺小
街上人頭攢動，但靚女何其稀少
她們習慣美麗地出沒，在日落之後
我百無聊賴，漫步至陶然亭，我初戀的地方

湖水碧綠，荷花出污泥而不染
情侶們忙著自己的事情
我想起在湖邊，微風盈懷
第一次牽你的手，你閉月羞花，我戰慄如泥
花與泥，最終都留在了湖底
如今，岸邊坐滿釣魚的人
他們聚精會神，沉默不語，像是天下只有水和魚
心如止水，心如止水
只有上鉤的魚掀起一圈漣漪

我也租了一副漁具，加入釣魚者的行列
我也可以平靜，我也可以忘記
多麼容易，在忘卻中釣上這些肥碩的魚
只是它們和忘卻一樣，並非免費

重逢

你從海外歸來
二十年光陰太短，我們豈敢相忘
而國家又一次滄海桑田
你我約會的那根燈柱還在
但早已貼滿
「專治梅毒，一針見效」的廣告
我還純潔嗎？
兩眼昏花的我，已認不清
醫生龍飛鳳舞的藥方

摻了防腐劑的罐頭也有期限
青春已經過期
只有當年的心跳，像沒有腐爛的魚
穿過你我之間
那條已經改道的河流

紀念

我把一束花插進瓶子，說：
你必須開放！
花兒低下頭，淡淡地回答：
我用一朵枯花把你消滅。

老馬

習慣了車把式、行人和汽車
也就習慣了不再奔跑
毛皮像一塊黃昏
骯髒、鬆弛，已接近黑夜
金屬的馬蹄
使沒有草的路更加漫長

我坐在縣城嘈雜的小酒館
望著你用盡力氣低下頭
把大車拉上斜坡
卻不懂用你的語言說一聲：
老馬，進來喝一杯吧

人生談話

人生，談起來多麼漫長
就像路越走越遠
今生已經足夠
而你滔滔不絕，還說起來世
直到暮色四合
直到飢餓來臨，而這
是多少苦難的根源
我飢腸轆轆，打斷你的話
問：今晚我們吃什麼？

葬花詞

為了埋葬，那些必須埋葬的
我在花園裡挖坑
卻發現，坑的形狀
就是一朵盛開的鮮花

飄落

她至今未嫁
韶光飛逝，每一片飄落的花瓣
都有一個渴望上升的魂靈
她仍然沒有習慣圍著月亮烤火
但習慣了喃喃自語：找一個純粹的男人
一個脫離低級趣味的男人
一個按時修剪指甲的男人
一個禮讓女士的男人
一個用情專一的男人
一個還沒有染上
梅毒、前列腺炎、尖銳濕疣的男人
難於上青天

航行或者飛翔

平時，我們被生活的沉悶所窒息
只有在此刻
當我緊緊地抱住你的頭
才會低聲說出：愛，還有死
彷彿死，是愛的極致，是天堂的階梯

床單潮濕而凌亂
像是海浪，又像是狂風
我們繼續航行，或者飛翔
哪怕它們的終點，都屬於大地

永遠活著

從香港到聖保羅，漫長的旅行
飛機，彷彿被剪掉尖爪的大鳥
永遠在星夜裡飛翔

我困坐天空，似睡非睡
彷彿也長出翅膀
不停地飛，不再降落
甚至不會墜毀
這多麼可怕，就像我永遠活著

鏡中

樹枝在鏡子裡搖晃
我看見了遠方和風

我還看見，我的五官日漸消瘦
而孤獨增長了身高

但我還沒有積攢足夠的孤獨
去打碎鏡子
找到深藏鏡中的你

大海上的檸檬

我要了一杯紅茶，你拿來檸檬
問我要不要加糖

我不喜歡加糖，但喜歡檸檬
在阿爾加維，我們坐在樹下喝茶
樹結滿檸檬和鳥鳴
水太藍，你把一個檸檬扔進大海

此刻，只有風坐在我的身旁
不停扯我的衣衫
樹葉喧嘩，如波浪翻捲
我看見，一個檸檬向我漂來

整個大海
沒有加糖，只有檸檬
只有一個檸檬

憂傷

——觀芭蕾舞《胡桃夾子》有感

拉開大幕，神奇的胡桃夾子
敲碎庸常生活的硬殼
原來裡面還有一粒糖果
美麗的克拉拉
在一顆星星上踮起腳尖
把它放進我一日三餐的嘴中

謝幕了，從夢幻的糖果王國
我向身後的觀眾席瞥了一眼
黑壓壓的一片
一片的黑壓壓
有的在歡呼，有的在雀躍
還有的，不停地咳嗽
那咳嗽的，是我

黑壓壓地走出劇院，走進
黑壓壓的夜色

我的嘴裡，已經咳出那粒糖果
它甜得令人憂傷

殘缺之美

我要砍掉我的手
因為它做過很多壞事
又黑又髒

我要砍掉我的手
因為它握過領袖的手
博物館要收藏上面的指紋

但我至今沒有砍掉我的手
只因我還撫摸過你的手
手指仍留有你的溫暖和芬芳

一場不幸的事故
讓你折斷右臂
但你打上石膏，依舊楚楚動人
彷彿殘缺也產生美

我想起盧浮宮裡的維納斯雕像
她失去了兩條玉臂
卻贏得舉世的讚美
彷彿她的美，源自殘缺

我不敢想像，如果你截掉雙臂
身體半裸
佇立在展覽館裡的模樣

斷臂的維納斯屬於所有人
而你不是，你要有健全的四肢
用來行走、奔跑和相愛
你的身體不應有斷臂
你的靈魂不應有義肢

命運

命運有時浩大、遙遠，有時虛無、神祕
不可預知
無數大道朝它延伸
但決定命運的
往往是迷路之後見到的小路
或者是弗羅斯特沒有選中的那條路
或者不是路
只是一個眼神，一個微笑，一滴眼淚
一個詞語，一個電話，一道掠過心間的閃電
一場沖進窗內的暴雨
抑或只是一個瞬間，一個動作
命運就在須臾之間，就在一念之差
命運並不知道自己的命運

如果光緒皇帝沒有喝掉慈禧準備的那杯鴆酒
如果塞巴斯蒂昂國王果真在霧靄彌漫的清晨返回里斯本
如果懷上希特勒的母親突然在大雪紛飛的夜晚流產
如果戴安娜王妃那晚沒有與埃及情人幽會

那麼，一個王朝、一個國家或者一個人的命運
就會有另外的命運

就像在那一年，在那一個瞬間
一個回眸，固定了一顆行星的軌跡和方向
就像此刻：夜晚十點三十分，窗外的宇宙
茫然得充滿廢墟的靜謐
一縷星光，經過十億光年的旅行
最終抵達了我們的臉龐

向前

雲朵在向前飛，時間在向前飛
不論你怎麼了
它們都一刻不停地向前飛

我也無法留在原地
無法留在你給我的那張白紙上

你曾用夜色的窗簾隔開世界
你讓心靈學習如何
依偎在肉體的肩頭流淚

誰可以分辨命運與宿命
我們在同一棵樹的軀幹裡擁抱
看見簇葉落盡
聽見一朵朵花抱住根哭泣

明亮

大海上
一朵浪花追逐另一朵浪花
尋找著自己的情侶

在浪花最易碎的部分
陽光如此的明亮

馬頭琴

馬一仰起頭，就走進了馬頭琴
沿著琴弦的路，向前疾馳

大地延伸，遠山起伏
都是為了容納
一匹馬，一個人

遼遠，蒼茫，更多的是憂傷
你的心裡，還有一顆心
嗒嗒的馬蹄，怎麼也跑不出身體
怎麼也跑不出這顆心

當夜幕降臨，琴聲喑啞
一輪皓月，在馬的眼睛中升起
渾圓，清澈
如一滴無法逃跑的淚水
如草葉上一滴露水的孤獨

枯枝上的敵人

天空像一場失敗，一下子
就暗淡下來
豢養的孤獨，像打手
在形骸裡擺好了姿態

一場懸殊的博弈，只能自取其辱
手留下的不是手
是沾滿血跡的手套
讓身體折磨身體
以此來獲得心理學的意義

狼藉的星辰，不過是石頭
是虛無的重量
外面，風把枯枝一根根折斷
這細碎的聲響
彷彿敵人，在人間節節逼近

判決

X光片放在燈箱上
顯現出一排排黑色的欄杆
我看看欄杆，又看看醫生
如同一個囚犯等待著判決

我無法走出這些欄杆
裡面有我所有的器官
哪怕有的
已經出賣我的健康和長壽
還有悲傷，這陰影的青苔
還有憤怒，這無能的力量
還有一點愛情，是它
讓我一次次登臨山頂
讓自己看到了遠方

醫生在一張白紙上龍飛鳳舞
化療、白血球、嘔吐、脫髮
也就是說，以毒攻毒

用一場疾病治療一場疾病
我只能接受這樣的方案
這樣的結局
就像接受我的出生
我的國家
我看看欄杆，又看看醫生
一個囚犯
沒有法律以外的藥方和偏方

草莓

大海並不知道
沙丁魚是一種很便宜的魚
人類認為，數量太多
是它便宜的原因
和沙丁魚一樣多的
是這擁擠的人群

歲末大減價
人們向廉價的方向湧去
高貴一些的，是我的厭倦
我想停下來
坐在街邊的長椅上
靜靜地享受一縷陽光

一個挎著籃子的小販奔來
扯著嗓子叫賣
浮腫的紅——

一粒粒異常碩大的草莓
一顆顆癡肥的心

肖像

走出盧浮宮，我更熱愛藝術
在塞納河邊，花三十法郎，請一位街頭畫家
為我畫一幅肖像，維妙維肖
背景一片空白，我想那是法國的天空
又走進一家店鋪，猶豫著
是否花四十法郎
買一個洛可可風格的鏡框
禿頂的店員說，沒有更便宜的了

在聖瑪麗亞醫院

從白色的被單中，你向我伸出一隻手
它修長，枯乾，塗著蔻丹的指甲
像梅花，把冬天的樹枝照耀
這些指甲，這些花，你一次次剪掉
又讓它們一次次怒放

它們，位於你生活和身體的邊緣
但總是這麼潔淨，這麼鮮豔
哪怕在這所
和國家一樣混亂的國家醫院

抓住你的手，感到褐色的血管隆起
血液蠕動，從紅色的指尖折返
記得你在書中說，在死亡的肉體中
指甲是最後腐爛的物質

大海真的不需要這些東西

在德里加海灘，大海
不停地翻滾
像在拒絕，像要把什麼還給我們
我們看見光滑的沙灘上
丟棄的酒瓶子、針筒、衛生紙、安全套

我們嘿嘿一笑，我們的快樂和悲傷
越來越依賴身體，越來越需要排泄
光滑的沙灘上，有我們丟棄的
酒瓶子、針筒、衛生紙、安全套

但大海真的不需要這些東西
甚至不需要
如此高級的人類

聖像巡遊

混在信徒之中，目睹耶和華的血
從十字架流向人間
我，一個來自異國的異教徒
也相信了人類的原罪
相信誘惑的蘋果
會在我的赤裸面前墜落

抬著聖像的信徒緩緩走過
街邊的人群也靜靜散去
我來到自己罪惡的中心
槍殺了所有前往戰場的士兵
我命令我的罪惡
只傷害我自己

阿姆斯特丹

驅車來到阿姆斯特丹，已近子夜
性都的名聲，讓街燈變得曖昧
甚至旅社老闆的表情也像一灘精液

但什麼也沒有發生，對我來說

窗外，河流泛起清晨的反光
天空陰鬱，在梵古紀念館
向日葵折斷陽光，在花瓶裡成為姐妹
夜空扭曲，在月光中受孕的麥地
捲起瘋狂的波浪

從畫家憂傷的自畫像中
我拎出一隻滴血的耳朵，回到街上
發現阿姆斯特丹
人人都有完整而紅潤的器官

和托爾加一起打獵

我和托爾加吃完早餐，決定去打獵
沒有獠牙利爪，我們用槍證明
高級動物和低級動物的區別

我們肩扛獵槍，向秋天的山上走去
三隻獵狗跑前跑後，鼻尖嗅著地面
在打獵的最佳季節，獵物卻渺無蹤跡
偶爾一隻鳥閃過天空，充滿驚慌
彷彿認識我們的獵槍

暮色正在降臨，托爾加還未放過一槍
但他槍法極好，從未空手而歸
他優雅地舉起獵槍
跑在最前面的花斑獵狗，應聲倒下
兩個同伴圍上去，狂吠不止

我在中國見到夢露

一九七四年仲夏的某日
在一個無人的角落
我悄悄打開手中的美國雜誌
它由K同學身為外交官的爹
冒險從國外帶回
封面上的夢露
正在向一個十五歲的中國少年微笑
純潔、無邪、性感
如明媚的陽光
猛然把我照耀

我也向她微笑
我貪婪地打量她被春風掀起的白裙子
我好奇地想知道裙子內部的祕密
我可以喜歡夢露嗎？
我可以喜歡如此美麗的美帝國主義嗎？
我向美利堅致敬
我向偉大的美國人民致敬

他們僅用幾代人的基因
就培養出曠世的傑作

一九七四年仲夏的某日
這一天也許平淡無奇
沒有天才誕生，沒有偉人辭世
但對我來說是多麼難忘
在中國
在北京一條灰暗的胡同
我見到了夢露
我的夢想改變了軌跡
我的青春噴著鼻血到來

喜歡普希金的理由

喜歡他的理由，不僅僅因為詩歌
還因為他的勇敢。

他為了愛情的尊嚴
為了心愛的女人
敢於去決鬥
最後死在情敵的槍口下。

幾個朋友卻和我爭執
他們都說，為了一個娘兒們
不值！

上帝

在廣州飛往三藩市的班機上
我身邊坐著一對美國夫婦
年紀大約六十來歲
帶著一個牙牙學語的中國男孩
他是第一次坐飛機
先是好奇，起飛時卻大哭起來
眼神茫然地在美國夫婦身上又抓又扯
原來，他是一個瞎孩子

旅途漫長，加上我十分好奇
便和美國夫婦聊了起來
才知道他們專程來到中國
就是為了收養這個被遺棄的瞎孩子
「為什麼選擇有生理缺陷的呢？」
按照國人慣常的思維，我本能地問道
「我們就是要收養這樣的孩子，
讓他知道還有人愛他。」

飛機在一萬五千米的藍天飛行
我卻羞愧地向著黑暗的深淵墜落
必須承認：我沒有如此大愛
或許有人會說，他們是虔誠的基督徒
信仰與贖罪
是他們行為方式的準則
但我不願把他們的仁慈歸功於上帝
在我看來，他們就是上帝

現在，我就坐在上帝的身邊
但我距離上帝是如此的遙遠
如此的遙遠

景山

夕陽向西山滑去
暮色使宮殿漸漸遠離
遊人紛紛下山
丁香在山坡獨自開放
暗香浮動
引我憑欄眺望
日出日落，千篇一律
如朝代更迭
無非揭竿而起
無非腐敗墮落
無非再揭竿而起
我興味索然
更想知道
巍峨宮殿，三千粉黛
美麗的人民
如何度過
她們絕經前後的人生

午門

不大喜歡星巴克[1]咖啡
但如此年代，故宮博物院的選擇
就是我的選擇
和一杯粗大的美式咖啡一起
坐在午門前的星巴克
坐在歷史的門口
坐在黃昏中
看太陽這顆巨大的頭顱
如何以慢鏡頭的速度滾落在地
在石板地上塗抹一層血色
在午門，在砍下無數頭顱的地方
我想平靜地喝一杯咖啡
端起來呷了一口，才知道忘了放糖

1 星巴克：北京故宮博物院午門處曾設有星巴克咖啡，後遭民眾反對而關閉。

玉龍雪山

白色，可以是純粹，比如白粉，比如砒霜
而玉龍雪山，卻是純潔
純潔總是在高處，純潔意味著缺氧

我來到山下，有人在石頭上刻下「到此一遊」
我仰望著高山，白雪和陽光
合謀刺傷我的雙眼
讓我無法丈量與純潔的距離

我不過是匆匆過客，混濁的肉身
怎能適應純潔如雪的生活
在我生活的城市，流出的眼淚
也殘留著農藥，它殺死我種下的莊稼
甚至悲傷也不再茁壯成長

里約的清晨

打開臨海酒店的窗子
陽光迸濺
讓我陷入短暫的黑暗
然後顯現我的驚喜和悲傷

我只能用目光刪除
那些別墅，那些貧民窟
甚至性感的比基尼
我只想保留大海的一片藍

坐在窗前，我飲下一杯水
為的是把這片藍
帶在身上

芭堤雅

夜色降臨，大海扶住一條條船
棕櫚樹剪碎了晚風
物美價廉的佛國，到處霓虹閃耀，歌舞昇平

燈影朦朧的酒吧
一個個來自大洋彼岸的老人
一邊喝著威士忌和虎牌啤酒
一邊用粗大的美金和歐元
抓捏著泰妹小巧的臀部

裸露著胸毛的他們
活到老都沒有獲得精神的力量
只能通過肉體的下水道
把心中的孤寂排泄

觀音像

花園中央的間歇性噴泉
突然站了起來
向著你痛哭。此時，人世間有多少人
也哭成這個樣子

我站在你的面前
沒有眼淚，甚至沒有一炷香
我沒有把你當成神，也不知道
你是男人還是女人
但我還是希望，你為我空空的手中
斟滿一杯淨水

你的身後，渾濁的海水還在腐爛
你的微笑
並未減少世界上的苦難
但我相信，每豎立一座觀音像
人世間
就多了一個慈悲之人

在美術館看見兩把斧子

斧子，既可伐木劈柴
也可打家劫舍，也可砍掉頭顱
伐木工人、劊子手、斧頭幫、革命者
李逵、李鬼，或者拆遷隊……
在不同的社會
在不同的歷史時刻
都舉起了斧子
包括弱不禁風的詩人顧城

昨天在MOU美術館
我看見一把斧子
砍斷了另外一把斧子的木柄
並趾高氣昂地靠著牆
打量著
正在走過的我

火鍋店

菜單上，寫滿動物器官的名字
濁浪翻騰，煙霧繚繞
模糊了彼此的面孔
我們一邊呷飲啤酒
一邊打撈片片煮熟的屍體
弱肉強食的法則之下
總要屠殺一些生命，維持另外的生命
總要切割一些身體，餵養另外的身體
我們食欲旺盛
談笑風生
絲毫沒有感到生命的悲哀

最後的晚餐

宗教的禁慾並沒有減少邪惡
卻增加了菜譜上的美食

保羅修道院的鱈魚和甜品——
修女們的傑作，遠近聞名

無數個日日夜夜
你們是如何剷除潛伏於肉體的撒旦
如何低頭，或者轉身
驅趕從窗前走過的唐璜的身影

無數次，走神的繡花針
刺進安娜或者朵拉的手指
十指連心
你們用血繡出鮮紅的十字
愛天主，再把餘下的愛
獻給美食

因此我確信，最後的晚餐
是世界上最好吃的晚餐

臥龍賓館的銀杏

早起的人，一走出房門
就看見
院子裡兩株高大的銀杏樹。

但我並不知曉這些樹木的奧祕：
為什麼他們向著天空和陽光不停地生長？
莫非那裡沒有死亡？

他們如情侶一般，長相廝守數百年，
大風吹走了群山，
難道他們還不曾彼此厭倦？

我從樹下走過，走向那些等待開會的人
那些須臾的肉體
一枚枚在晨光中抖動的金黃樹葉
在我的頭頂飄落。

我寧願把這飄落視為安慰
而不是消逝。

我走進會議廳，討論浪漫主義的會議
即將開始。

三月

又是春天
我又脫下了冬衣
我又推開封鎖的窗子
身體內春雷轟鳴
田野中小花綻開
每年的春天
都在重複中褪去花顏
但我依舊不知道
許多小花的名字
就像從我眼前飄過的少女
我不知道她們的名字

陪蓋瑞・施耐德拜祭媽祖廟

陽光兇猛，施耐德眯著眼睛
走到香爐前

端坐在神龕裡的天后娘娘
一動不動，天氣炎熱
她也沒有擦一把臉上的汗
神也是不自由的
比人還不自由

自由的是施耐德
他可以遠離上帝的懷抱
在龜島凝視水面的波紋
跑到日本的寺廟修行
或者來到澳門的媽祖廟
燒香拜神
信仰讓人更自由嗎？
一個無神論者，如我
只有沉默無言

他捧起一炷香，虔誠地俯首
嘴裡念念有詞（英文裡的媽祖是什麼模樣？）
眼睛裡那抹溪水般的灰藍色
驟然變得深邃而寧靜

劈里啪啦，有人為喜事在燃放鞭炮
他猛然抬頭，從寧靜中驚醒
彷彿從神的跟前又回到人間

接通大海

大海洶湧著無數隻老虎
牠們肆意咆哮
想衝出巨大的籠子
籠子，不因為巨大
而不是籠子

可在那個遙遠的城市
一個從沒見過大海的人
徹夜擰開水龍頭
想以此
接通與大海的聯繫

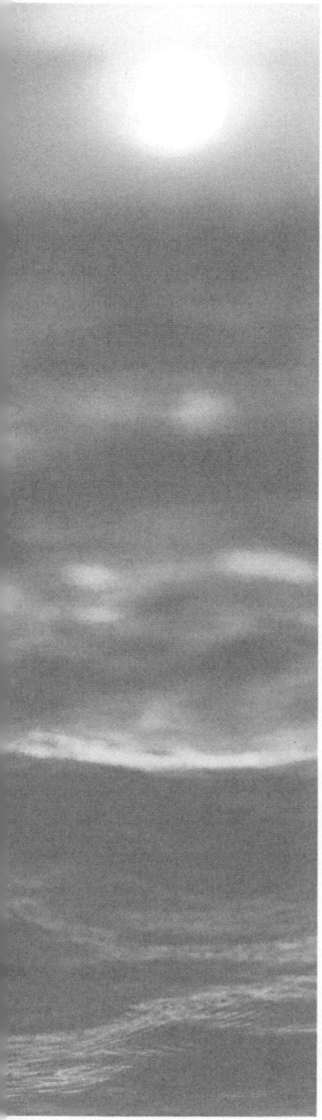

輯三

寫在水上

耳邊風

在鏡子裡，我才看見自己的耳朵
他們老實而本分

平時，我命令他們
聆聽各種指示，忠實不誤

通過他們，我恪盡職守
直到忘記了思想

一天早上，我攬鏡自照
發現兩隻耳朵不辭而別

從此，我再聽不到各種指示
聽到的，只有風聲

只有一個魯迅

中國出現了魯迅
出現在白色恐怖的年代
到目前為止
中國只有一個魯迅

不過，先生死得很早
但阿Q還活著
已改行做護士的吳媽
剛剛給他做過體檢
除了膽固醇有點高
阿Q的身體非常好

先生可謂英年早逝
但如果他繼續活下去
一定會死得很慘
非常慘

想到此，為先生的早逝
感到寬慰
又為阿Q的長壽
感到無奈

一隻麻雀蔑視著人類

一隻麻雀誤闖客廳
為了女兒，我把牠捉住
養在籠子裡
但牠不像畫眉那樣歌唱
也不吃嗟來之食
一開始牠還跳來跳去
欲連接被分割的天空
後來牠一動不動，整日哀鳴
第三天，像寧死不屈的革命者
牠死了
卑微如土的麻雀，就這樣
把我蔑視
把大部分人類蔑視

特雷莎老太太

特雷莎老太太打開百葉窗，為窗臺上的鮮花澆水，
葡萄牙總理科埃略在眾人的簇擁下踏著碎石路走來，
為競選連任，他馬不停蹄地在里斯本各區拉票。
他走向特雷莎，向她擠出微笑，向她問好。
特老太太卻一臉嚴肅，說：「總理先生，
我要坦白地說，我不喜歡你，
我真的不喜歡你！我不希望你再做總理！」
總理尷尬地站在那裡，但依舊保持著職業微笑……

這一幕讓我陷入沉默
讓我想起巴金老人，想起他臨終前才說出的真話：
「要說真話！」

特雷莎老太太初中文化，曾為制衣廠女工，
現寡居，靠微薄的養老金度日。
不過，她擁有陽光、鮮花和藍天，
她的生活中沒有恐懼，她無須為說真話而付出一生的努力。

嘉模教堂

走進嘉模教堂，看到不少信徒
等待著與神父交談
而我在神的面前，依舊是一個
無法對話的無神論者

曾看到一則新聞，七十八歲的美國老嫗
用半生的怨恨剪掉老伴的命根
然後跑進教堂自首，而不是警察局

曾到訪中原的某個村落，最高的建築物
是十字架，所有村民都皈依天主
只因在人吃人的饑饉年代，神通廣大的法國神父
沒有讓一個村民餓死

想起友人張九生，十年前身患不治之症
遍尋名醫，也拜過菩薩和太上老君
偶爾路過教堂，進去跪求上帝
沉痾竟不治而愈

從此成為虔誠的基督徒
每週做禮拜，風雨無阻
還在教堂附近承包一家雜貨鋪
但從不販賣假煙假酒

或許，我還沒有藉助身體的苦痛
為靈魂找到信仰的籍口
莫非我患了前列腺癌，或者摔斷一條腿
才會向神匍匐著爬去

翅膀

站在敞開的窗前，我抱住你
看街上車水馬龍
感覺時光如獅子奔跑
人群漸行漸遠，被遠方抹掉

風，吹亂你頭上的雲
吹亂了天空

讓我愛你吧
請讓我走進你的田野
請原諒我內心的荒涼

我們只顧擁抱，卻忘記言語
直到天空生出晚霞
直到你在我的身上
長出翅膀

需要

是否我為你做的
別人已為你做過

是否我沒有為你做的
別人也已經為你做過

但我相信，此時我為你做的
是你最需要的

我還沒有為你做的
也是你最需要的

玻璃

那些石頭
要揚棄多少東西
才會變成玻璃
它通體透明
平靜，明亮，無言

窗外，依舊風光無限
夕陽撞向大地
大海捲起波濤
玻璃的內心
隱藏著鋒芒和喊叫

長城隨想

1

太陽墜落
夕陽變得悲壯而巨大
人開始變得渺小
我，渺小地行走
沿著風聲呼嘯的長城
沿著這條悲愴之路
每走一步
都聽到一塊塊磚石
被歷史敲打
傳來陣陣沉重的回聲
我向前行走
哪怕頭顱被夕陽撞破
也要走進深夜
走進群山
走進石頭裡
走進冰冷的夢境

走進一個個「我」

2

我的眼睛噙著
你的淚水
來到長城邊
每搬起一塊石頭
都看見石頭映出你的臉容
每捱過一個夜晚
都加深了我們共有的黑暗
長城，長城啊
越築越高，越築越長
但為什麼家園卻越來越遠
茅屋中你獨守枯燈
冷月下我徹夜無眠

3

大雪紛飛，朔風呼號

我渾身血跡
瑟縮於風火臺一隅
頭枕長刀
卻未敢睡去
大雪壓在肩頭
沉重的盔甲更加沉重
凍僵的傷口
早已忘記疼痛
多少次浴血廝殺
阻擋胡人金戈鐵馬
無數將士死去
而我僥倖存活
周圍屍體橫陳
堅硬如石
天亮之後
它們將用來修補
殘破的城牆

4

天高氣爽，群山蒼莽
一支和親的隊伍
蜿蜒而來
為荒漠的大地
畫出繽紛色彩
我在牆垛上眺望
內心盡是灰暗與悲涼
我們築起長城
我們日夜戍守
為何還要把如花的姐妹
送進茫茫風沙
一個帝國
依賴女人來換取和平
是多麼的可悲
而她們，柔弱的她們
多麼需要保護

她們值得我們
發動一場又一場的戰爭
我目送著
青春和愛情已開始枯萎的
她們
緩緩越過長城
身為一個普通士卒
也倍感恥辱
莫非她們也是長城的一部分
莫非把長城建築在敵人內部
方能阻止敵人進犯

5

君君父父兄兄弟弟
臣臣子子夫夫婦婦
這，也是一道長城

6

我參加了長城戰役
在冷口
我作為機槍手
奮力阻止日軍和偽軍
攻克長城防線
進軍中原
拂曉時分
又一次戰鬥打響
敵軍嚎叫著湧來
硝煙中，一張痙攣的面孔
似曾相識
難道是我的同鄉王福喜
我緊扣扳機的手指
遲疑了

7

十四歲時
我第一次登臨長城
長城如此古老
而我如此年輕
年輕得對長城一無所知
只會用鉛筆刀
在一塊磚石上刻下
「到此一遊」的塗鴉
多少年過去了
當我兩鬢灰白，舊地重遊
卻只想忘卻已知的歷史
忘掉象徵和隱喻
我只想做一個遊人
用簡單的詞語去讚美
祖輩如何以移山心力
為山河增添巍峨壯麗

8

太陽脫掉夕陽
再次升起
我醒來了
從群山中醒來
從石頭中醒來
從一個個夢境中醒來
從一個個「我」中醒來
我再次開始行走
沿著這條崎嶇之路
卸掉骨頭裡的枷鎖
走出山海關
走向自由的大海
我要和太陽一起升起

里斯本

渡輪啟程，乘客們渡向彼岸
而我留在此岸
我還在等你
只因你是這個城市最美麗的部分

商業廣場上的銅馬像
無數次在我傷口的泥沼中馬失前蹄
回首往事，青春與孤獨對飲
長夜中，月光蒼白，如繃帶蒙住我的眼睛

我看不見你，但我還在等你
你允許，我用你的眼睛比喻大海
我所有的江河向你奔流
作為象徵，作為隱喻
或者，僅僅作為像口渴一樣自然的水

願今年的落花都變成石頭
鋪成一條道路

通向你，通向火焰的地址
這座城市，欠我一場熾燃的愛情

在波爾圖訪詩人安德拉德[1]故舊

沿著杜羅河
計程車向大海開始的地方疾馳
抵達你的故舊，看到二樓燈光熠熠
彷彿你未曾離去

其實，燈下只有世俗的餐具
和混亂的魚刺
飢餓的詩集，堆放在昏黃的牆角
一張水電費的單據
別在你的素描肖像的胸前
禿頂的遺產看護人，以詩歌的名義
和我談論遺產和版權
是的，在這裡你沒有被遺忘
但以你最憎恨的方式

夜色越來越深，烏鴉敲打著窗子
告辭的時間到了
而門外的大海，你無數次捎給我的大海

並沒有呼喊著站立起來
他還在大西洋裡游泳
闊大的脊背湧動著，濺起陣陣白色的音節

1 安德拉德：葡萄牙詩人埃烏熱尼奧・德・安德拉德（1923-2005）住在波爾圖市，其住所位於杜羅河進入大西洋的入海口附近，可看見大西洋。筆者翻譯過其詩集《在水中熱愛火焰》等。

竇團山

自江油去竇團山的路上，文化館的人
指著一條河說：李白在那裡遊過泳
李白游泳？蛙式，還是狗刨？
一定是自由式！至少，它符合
我對少年李白的想像
而現在，別說游泳，洗手都怕是洗成了黑手黨

竇團山不高，比它高的是李白，只因詩人
曾登臨此山，還真看見了好幾個李白
在被鑿刻的石頭中，在算命先生的身後
在烤羊肉串的繚繞青煙裡
有人抱著李白合影，並順便糾正他的數學：
飛流直下並非三千尺，而是三千三百尺

但比李白更多的是和尚，他們身穿一樣的土黃僧服
笑臉相迎，好似推銷員，好似佛祖的小股東
有人傾囊捐了香油錢，算是入股吧。
而我，早已於紅塵中看破紅塵

不禮不拜，心隨自然。看著肥胖的神像，心想該健身了
至少，我該把自己的肉身安頓得好看一些

寬窄巷子

選擇寬還是窄？每到選擇方向和路線
我都心有餘悸。幸好，今晚
沒有原則性問題。我們不過是去吃成都湯圓
無關寬與窄，只要是圓的，而不圓會被告發嗎？

湯圓裡的芝麻還是芝麻
這樣就正確了。這樣就可以形容我們的生活
或者你的股票：芝麻開花節節高
於是，我們去看《白蛇傳》和變臉

其實我的臉也在變，只是慢了一點
而白蛇幾近絕跡，被列為一級保護動物
法海也已改行，坐在窄巷給遊人掏耳朵
他掏出我的耳結，卻掏不出流言蜚語

塊塊青磚叫人想起民國，那就乾脆穿上旗袍
在影樓裡穿越時光。但必須等到明天

美是慢的。只有一個明天。聚亦是散
無需惜別。我們乘黑夜啟程。我們枕白夜做夢

只有鮮花

一朵鮮花插在了牛糞上
又一朵鮮花插在牛糞上
又一朵鮮花插在牛糞上
又一朵鮮花插在牛糞上
牛糞插滿了鮮花

已經看不見牛糞了，看見的
只有鮮花，只有鮮花

釣魚

今天是週末
我去釣魚

去年放生的魚
已經長大了

興華寺

為什麼菩薩
都供奉在遠離塵囂的山上
端坐於蓮花寶座，神態安詳
而不像耶穌，表情痙攣
在十字架上流血受難

我陪你拾階而上
終於看到菩薩身披黃金
在俗世的煙火中
射出耀眼的金光

你向菩薩奉香祈願
我卻沒有俯身，只想走進圍欄
把菩薩請下寶座
與她一起憑欄遠眺
這人間起伏不平的群山

詩歌

詩歌
無法阻止一輛坦克
但可以把坦克手
培養成一名詩人

他跳出那一堆鋼鐵
坐到樹下
若有所思地寫下
如下的句子：

春天還沒有來
一隻小鳥
落在綠色的炮筒上
……

自殺未遂者

我站在十六層樓的陽臺
這是我最終選擇的方式

暮色燃亮的萬家燈火
像無數隻饞狗的眼睛
暗中等待著一塊腐肉

我望了一眼樓下，不想砸到行人
樓下卻開始聚集越來越多的觀眾
熙熙攘攘，指指劃劃
嬉笑著等待看一齣免費悲劇
絲毫沒有死亡的肅穆與凝重

我突然改變主意
發誓要活得再久一些
我要在這些嬉笑的人身後死去

歐洲之角

1

抵達歐洲之角，我的腳步
並不會結束
但賈梅士的詩句會令我駐足：
陸終於此，海始於斯

其實，開始即結束
結束即開始

那麼，就讓大海從一朵浪花開始
而不是一根魚刺

那麼，就讓大地用一塊石頭結束
而不是一具屍體

就讓我每一天從你開始
就像大海與大地

每時每刻
都是彼此的結束與開始

2

人類也是從大海開始的
請讓我代表人類
在這裡，在大陸終結的地方
與你相遇
並向你表達敬意

驚濤拍岸，但你
不僅僅是浪花的生產者
在狂風中我看著你
一次次想踩著浪花站起來
但一次次把自己摔成碎浪

但你終於攀上懸崖
把鹽抹在我的唇間

把淚水注入我的眼眶

3

我的目力無法窮極大海
更是無法觸及大海的最深處

但我不相信有尼普頓
也不相信有海龍王

但我相信大海的心中
有雲雨，有雪花，有閃電，有雷鳴
有所有的河流
有慈悲與憤怒

翡冷翠

抵達佛羅倫薩機場，已是子夜
同機的同胞，一個表情憂鬱的廚子
拎著黑乎乎的塑膠袋，像拎著一袋黑夜
匆匆走進黑夜
我也步出機場，一絲寒意襲來
徐志摩迎面走來
輕聲告我：這座城市叫翡冷翠

當第一縷晨光剪裁窗上的絲綢
我已走出睡意
一夜無夢，我希望早一點被陽光照亮

旅遊手冊提醒說，謹防義國小偷
我竊笑，我早已被訓練得防賊有術
但如此優雅之地，怎會有雞鳴狗盜之徒？
俊男靚女之中，誰是賊呢？

至今沒有一件時裝，配得上大衛的裸體
健美的肌體，美妙的性器
在吾國，一定是大逆不道。皇帝要的
只是奴才和太監
我本能地捂住褲襠，深怕裡面的鳥不翼而飛

到處都是耀眼的燦爛，叫來自東方古國的我
不得不合上眼簾，在黑暗中恢復一點自信
我很想站在領主廣場上
打一套太極拳，還沒等亮出鶴翅
一輛救護車呼嘯而過，上午十點半的急救患者
讓我心感安慰：至少我還有健康

人骨教堂[1]

骨頭和肉構成了肉體
而精神是一束光，要把肉體的牆壁照亮

很多時候，牆壁上的窗子緊閉
人們在黑暗中烹煮肉體
香氣撲鼻，俗世的華宴盛大歡喜

而死神也大快朵頤，啃完肉
吐出一根根骨頭，把它們出售給上帝
他用其中的一些，在埃沃拉壘起這座教堂

「我們這些骨頭是為了你們的未來」
生與死、罪與懲，骨頭們在神的指揮下站立起來
朝著我和我的未來齊聲合唱

活著，就是把自己的骨頭一根根洗淨
背著它們進入天堂

我看見，教堂的尖頂豎立著一根白骨的旗杆
一面贖罪的肉體正在迎風飄揚

1 人骨教堂：位於葡萄牙埃沃拉市，建於十七世紀，用大約五千具屍骨搭建而成。

黑奴堡

如果這個島嶼不曾是奴隸販賣的中轉站
就不會有人類居住
我坐在販運奴隸的古堡裡
想像如果我是十七世紀的黑奴
將會怎樣呢？
他們給我戴上鐵鍊，一邊罵我「黑鬼」
一邊用鐵在我的臉上烙上號碼
他們把我運到古巴，墨西哥或者美利堅
我摘過棉花，淘過金，種過甘蔗和咖啡
無數的同伴在熱病中與皮鞭下死去
而我僥倖活了下來
子孫繁衍，直到今天
或許，我的某個後人成為了拳王
或者ＮＢＡ的明星
或許，他們依舊在為生計而奔波
在哈瓦那的工廠把一隻隻雪茄捲好
或者佇立在西雅圖冷冽的街頭
等待著把下月的失業救濟金領取

在安達盧西亞想到洛爾迦

你一定是看著雪山寫詩的
你的詩句
是從雪山流下的溪水和月光

雲朵飛累了，就變成了雨
我用風背誦你的橄欖樹和群山

「馬在山中，船在海上」
看見兩匹馬，戴著黑色的眼罩
看見一隻船，鏽蝕在沙灘上
到處都是歡笑的遊客
迎面而來的年輕人，讀過洛爾迦嗎？

夜晚安靜得像一根針掉在地上
而我在客棧裡無法入眠
我用你的月亮砸碎了一扇玻璃

美國甜心

傑克和他的三個甜心一起生活已經八年了
時間不算長，但比起許多迅速枯萎的感情
已算長壽

她們分別叫麗達、翠西和美芳
美芳有東方式的身材和臉蛋兒
他也叫她們甜心、寶貝兒、打令、小妖精……

他與甜心們一起飲酒，交談，看電視，同床共枕
她們都是好女人，從不多嘴，從不吃醋
也不會紅杏出牆，愛上其他男人

他疼愛她們，把她們當成親人
買新衣，送禮物
還為她們梳妝打扮，儘管她們不會衰老

傑克有過兩次婚姻，都很糟糕
現在，他只想與他的甜心們一起生活
他已經遠離了他的男女同類

有時候，推銷商在信箱裡塞進
新款充氣娃娃的廣告
他總會把它們當作垃圾丟掉

馬戲團中的身體

身體，或者肉體
一個由細胞、肌肉和骨骼組成的人的活體
在語言學中有不同的命名
在社會學中有不同的意義

身體是個人的，但更是馬戲團的
身體的獅子
在馴獸師的皮鞭下
必須馴服自己的七情六慾
必須在眾目睽睽之下
服服帖帖地鑽火圈，走平衡木
或者讓一隻猴子騎在身上
即使飢腸轆轆，張開了血盆大口
也要把馴獸師伸進來的腦袋吐出來

身體並不去思想，只是感受
身體比思想擁有更多的祕密
真實長得最像的就是身體

如果身體說出所有的真實
如果生殖器說出所有的祕密
就足以改變這個世界

身體必須遵守眾多的規條
必須服從各級領導
時刻接受並執行各種指令：
生理的、思想的、政治的、倫理的、習俗的、法律的、疾病的……

身體是替身，它為靈魂、思想或情感
遭受折磨、痛苦和毀滅
甚至一次次革命和戰爭也是從身體開始的
它傷痕累累，血跡斑斑，裝滿了悲哀、眼淚和死亡
而歡愉的時光總是那麼短暫
那是在馬戲表演結束之後：當一個身體
緊緊抱住另一個身體的時候

西湖記

1

細雨在湖面撒著硬幣
而西湖已有福布斯的財富
綠色的保險箱裡
收藏著玉鐲、鑽戒、銀釵、金簪
那雙三寸金蓮的繡花鞋
已被浸泡至可以私奔的尺寸
一塊早已脫離手腕的浪琴手錶
靜止於23點33分：絕望的愛情
釀成一樁命案，而警方尚不知情
但在樓外樓的包廂裡，情人們依然在談情說愛
只有一條魚在水中哭
牠痛著，剔淨身上的肉
只留下一根寒光閃閃的刺
牠以醋為敵，以廚子為敵
以食客為敵
牠拒絕以「西湖醋魚」的名義聞名於世

2

難道死有這麼渾圓的乳房嗎？
莫非蘇小小並沒有死去？
是的，她沒有死
一個青樓女子也可以不朽
比大多數人更為不朽
而這，只是她追求過她想要的生活
她活著，在時代的車水馬龍中活著
以自己的方式活著
她遮罩了周遭的喧鬧，她推開攢動的人頭
她站在自己的乳房上
向著遠方眺望
然後獨自坐在安靜下來的西泠橋畔
閱讀剛剛得到的一本書——《安娜・卡列尼娜》

3

我和這熙熙攘攘的遊人一樣
都屬於人民
就像西湖也屬於人民
但我們的面目敷著霧霾
不如小面額人民幣上的人民面目清朗
那麼，就讓我在這清晨的畫布上
我把我自己，以及我周圍的人民都畫得好看一些
畫成散點透視的風景
重要的是刪繁就簡
最後，我和人民還是退出了畫面
只剩下西湖
我想，西湖也厭倦了天天的一日遊
他想單獨靜處一個時辰
就像一個留白
留給一截沒有被鐘錶標記的時間

4

三潭印月，但還是蘇軾的那輪明月嗎？
我裸身潛入湖水，撈月
我把月亮放在鏡子裡
用水銀把它擦拭，把它辨別
最終，是要辨認自己
蘇堤上，綠樹生煙，東坡先生青衫飄逸
疾步向我奔來
手裡舉著一把銅鏡

5

傍晚，我和西湖對坐
之間，一杯龍井翩舞，卻無關愉悅與憂傷
湖說：我不是眼淚
我根本沒有淚腺
說著，他騰地一聲站了起來
向著天空躍去

這一次，他不再輕歌淺唱
一千萬噸的西湖，化身巨大的飛瀑
從天而降
呼嘯著從天而降

6

西湖上面的天
是西天嗎？
那麼，請讓我用這裡的雲洗面
請讓我用這裡的水淨身
哪怕洗出一身淤泥
我也歡喜信樂，不生疑惑

7

大運河，是帝國的動脈還是靜脈？
我坐在舒羽咖啡館，看著濛濛細雨中
一條運煤船駛過
但我不知道一塊塊黑暗是如何被礦燈照亮的

一條運糧船駛過
但我不知道一茬茬收割後的土地有多麼貧瘠
一條滿載建築材料的船駛過
但我知道幻想安得廣廈千萬間的杜甫並不是時代的建築師
一條鋪著席夢思的龍床漂過
隋煬帝與他的嬪妃依舊在床上纏綿雲雨
大運河流動著
裹挾著混濁的沉重緩緩地流動著
帝國的血脈
漸顯栓塞的徵兆
它需要一個疏通的支架
當然，要用國產的

仿洛夫躲雨喫茶詩

在杭州虎跑泉躲雨喫茶
蟬鳴突然止歇

剎那的靜寂，我想到了禪
卻無法心安

我擔心這昂貴的龍井
也殘留著農藥

寫在水上

——在岳陽重讀《岳陽樓記》

我一路兩眼痠疼，走進岳陽
所見處處朦朧，但何處有詩？
洞庭，一湖的眼藥水
是否可治好我的眼疾？
而在我的瞳孔深處
有人在撒網，在捕魚
或者，是在打撈一具屍體

二十一年前，我登臨岳陽樓
目擊一個不喝農藥的婦人
縱身躍入湖底，也許
只有湖水是至善者
負責養育，終結與埋葬

而我，與七嘴八舌的遊人一樣
是目擊者，是旁觀者
是石頭的堤岸
是死的句號，擴散的水紋

我用湖水淨眼，向湖面望去
卻看清那打漁人
頭戴竹笠，一身布衣
使一根竹篙，在水上寫字
一遍又遍地寫
那篇不朽的《岳陽樓記》

謁屈子祠

屈子祠前的汨羅江
已經枯竭
黃色的推土機，填完了土方
安靜得
像收割後的稻草，堆在路邊

屈子仍形銷骨立地挺立於河邊
——沒有水的河邊
望著前方，那裡有他的楚國，有他的國君
有他的人民，還有我們
他還在「哀民生之多艱」嗎？
但他已無法投江了
我們也無法投江了
我們只是吃粽子
我們把他死去的時日變成了節日
我們把粽子變成了一道美食

致女兒慕然

女兒越長越大
流氓越來越多
天真而美麗，是多麼美好
又是多麼危險

一年前，妳送給我的生日禮物
是一瓶子藍色的星星
它們從夜空來到我們的手指間閃耀
但妳早晚會知道
它們也是心碎的聲音

走妳喜歡走的路吧
不要讓路走妳，但比路更重要的
是妳要找到合適的鞋子
我會時刻彎下腰
幫妳抖落妳鞋中的沙粒

大雨過後，妳就要獨自走向前方
妳說，天空中的那朵雲或許才是終點
那我會像天空那樣，遼闊地
跟隨那朵雲
看著妳長出翅膀

手與波浪

手種植麵包，採摘星辰
手養活我們
為我們描畫道路和未來

手編織命運的路徑
掌管門的密碼
手比我們更加遼闊

隱喻的勞動者
在詞語無法抵達的地方
起舞，勞動，或者沉默

或者去握住另一隻手
你的手，一起去大海航行
並聽你的手指，彈奏波浪

眾樹低吟

我們只是樹
低矮的樹
無法奔跑的樹
我們把斧頭的光芒認做陽光
向著它生長
卻無法奔到一個人的身旁
哪怕他明天就要死去

樹枝和樹冠這麼矮
我們無法越過監獄的鐵絲網
也無法越過
自己給自己壘築的高牆
我們只是在樹幹內繞圈子
繞出一個個
沒有結局的年輪

恐懼已成為
我們唯一的血型和基因
我們不敢對著黑夜
高聲喊出一個人的名字
只會用顫抖的枯葉
在微風細雨中竊竊私語

我們請來了木匠
為他造了一把椅子，但他已經躺下
我們可以為他造一具棺木了
但他的死是大海
是波濤洶湧的大海
沒有一具棺木裝得下大海

鳥的年齡

那時候，每天升起來的太陽
都是夕陽
每條路都是遲緩與蹣跚
但我依舊拉著你的手
去秋天的公園散步
累了，就坐在綠色的長椅上
看風吹落葉
看鳥兒跳躍著啄食
我們滿頭霜髮，歷盡滄桑
但依舊不知道這些鳥兒的年齡

螢火蟲山莊

螢火蟲是革命者，牠們以暴力的形式
吃掉其他蟲類，獲取了自身
然後廉潔地啜飲露水，積攢光明
只為在七天之內
點燃自己的生命，照亮人間

但陽光多麼明媚，我們沒有看到螢火蟲
或許牠們正躲在暗處，準備著地下革命
等待我們夜晚來此接頭，但蚊子肯定特多
而白天，蒼蠅也不少，把我們的頭顱
當成小小寰球，嗡嗡叫

大詩人另有雕蟲小計。一手寫詩
一手竟抓住了蒼蠅。而另一位新婚詩人
不再朗誦：今夜我請你睡覺！年輕的老闆娘
停止誇耀自家的咖啡，把端來的拿鐵
命名為「像豔遇一樣憂傷」

自由女神

登上紐約的自由女神像
沒想到她竟開口和我說話：

歡迎你！來自東方的客人
其實，天氣晴朗的時候
我可以看到你的國家
希望有一天
可以去你的國家旅行！

說罷，她把手裡的火炬遞給我
叫我試著舉起來
太重了，我根本舉不起來

告辭時，她送給我一個她的複製品
作為留念
只見底座上刻著：Made in China

神女峰

一九九六年，我與友人乘二十三號客輪
遊覽三峽
行至神女峰，我正默念舒婷的詩句
突然，一陣驚叫聲分散了我的注意力

尋著眾人的目光望去
只見一具身穿紅衣的屍體隨著波浪浮沉
面目已經模糊，只有那一頭長髮
讓我猜想這是一位女性
或許，是一個花季少女

她是誰？為什麼死在長江？
是自殺還是他殺？
這麼多年過去了
那次三峽遊的許多細節都已淡忘
但我仍像一個未能盡責的刑警
念念不忘這樁懸案

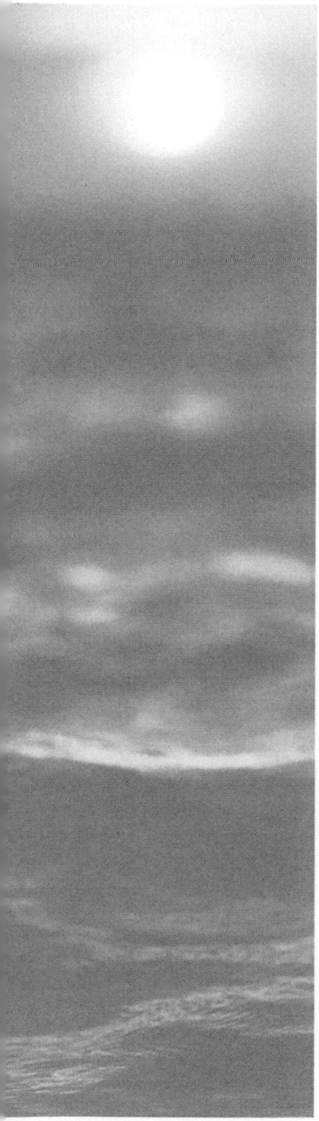

輯四

母語

臺北：五月四日的清晨

太陽是一個早起的少年
渾身帶著光
帶著清新的空氣
沿著市民大道奔跑
沿街的樹跟著他一起奔跑
我也跟著他一起奔跑
一直跑到市中心的廣場
他高高地站在廣場中央
彷若周圍已經聚滿人群

林森北路

帶著「愛你不喜歡的人」的教誨
我走出街角的天主堂
路過一家烤肉店
肉香撲鼻
我卻沒有啃嚼動物屍體的食慾
繼續往前走
是一家情趣用品店
櫥窗裡有按照性慾的形狀定制的器具
而我的慾望只是簡單的晚餐——
一個飯團和一瓶清水
在全家便利店，店員告訴我
我要買的飯團還有一個小時就過期了
說罷給我拿來新鮮的飯團
這座城市可以滿足各種慾望
但我只滿足於
可以吃到沒有過期的飯團

繁體字

喜歡看完整的漢字
沒有被簡化的漢字
在一本書裡，在一個店鋪的招牌上
在一張喜帖上
在你的掌心，在你的臉龐

這些古老的字
認識孔子、屈原、李白和魯迅
也認識林語堂和洛夫
每一個字都有完整的身體
甚至靈魂
有些字不該被簡化
比如「愛」這個字

九份

黃色的起重機吊起黑色的排污管
轟鳴著把它縫進大海的身體

大海濺出一行行浪花
詠讀我們從未認真傾聽的信札

海灘上，瞬間消失的泡沫
留下垃圾袋、啤酒瓶、枯枝……

一隻墨綠色的高跟鞋
丟失了伴侶，張著嘴巴呼喊

一個老者裸著上身走過
脊背有大海的鹽粒閃爍

我關心這裡的選舉，也關心福建炒飯
女計程車司機則關心大陸
她說丈夫在那邊另有了女人

稀粥頌

有的在豐乳，有的在隆胸
「沒有什麼大不了」
把哺育祖國下一代的任務
交給還沒有瘋掉的奶牛
迎風流淚的我，割除了淚腺

有的揣著杜蕾斯、威爾剛去旅行
所到之處都是春天
我清掃完秋天的落葉
坐在菩提寺內念經
香客絡繹不絕，寺廟內煙薰火燎
嗆得觀世音和我一起咳嗽

有的在染髮，有的在養生
吃冬蟲夏草補腎
服熊膽膠囊清肝
遵醫囑我戒油膩煎炸

我數完碗裡的一粒粒白米
然後去熬一鍋稀粥

在聶華苓家中做客

你從人群走出來
把我們帶到你綠樹掩映的家
家很大，劉國松的明月
映照著黃永玉的荷花
屋簷下懸掛著
瘂弦的紅玉米，莫言的紅高粱

你打開過很多門，拆掉過很多牆
路是一匹匹馬，從這裡奔向遠方
客廳中那張簡樸的餐桌
就是一張世界地圖
繪製它的，是各國的語言和方言

坐在餐桌邊
我接過一杯高山茶，就越過了
臺灣海峽，我們住在同一種語言中
我們很早就實現了統一
——被同一種文字

窗外是滿山的青翠
但你說的麋鹿已不見了蹤影
卻看見一頭辛勞的中國毛驢
從安格爾[1]的詩集中跑出來
在我的眼睛中驚起一陣塵土

你從給予中獲得豐盈的饋贈
一粒種子長出三生三世
也留下一部愛的參考書
封面是飛鳥打開的天空
封底是大河奔流的土地

1 安格爾：美國著名詩人，聶華苓已故丈夫，曾在七十年代隨聶華苓訪華，寫下許多關於中國大陸的詩作。

不要去做一匹馬

在草原，看著馬在奔跑，看著牠們
跑至大地的盡頭，跑到天上
那些翻捲的雲，不就是馬群嗎？

牠們從不躺下來，牠們站立著咀嚼青草
和青草裡的陽光
牠們死去的時候才會躺下

牠們睡覺嗎？牠們有夢嗎？牠們跑得那麼遠
原本是為了逃避敵人
但跑得再遠，都逃不脫車夫和騎手

哪怕牠們揚起頭，也得接受
沉重的鞍具，銳利的馬刺，甚至黑暗的眼罩
容忍車夫的鞭打，騎手的驅策

牠們的眼睛那麼明亮，細看都是淚光
牠們的皮毛那麼光滑，翻開裡面都是鞭痕

我喜歡馬，這自然界完美的造物
喜歡看牠們瀟灑地飛馳而過
但我拉回了向前衝出身體的我
——不要去做一匹馬

孤獨

——讀楊牧《獨孤》有感

當我和我在一起也感到厭倦
我感到了孤獨，儘管我並不孤單

但我的孤獨不是一匹衰老的獸
也不是阿多尼斯的花園

我的孤獨是一個少年
他看不見迎面湧來的人群
只看見了
遠處的大海與高山

養獅記

我的身體養有一頭獅子
牠把我的心當成石墩子
蹲坐在上面
時常做出仰天咆哮的雄姿
但從不發出聲音

每天我牽牠出來散步
讓牠保留一點原始的野性
但牠只是耷拉著頭
跟隨在我的身後
牠已沒有獵殺的衝動

牠不再吃生鮮的肉
牠習慣了吃超市的狗糧
每次吃完就舔舔嘴唇
再舔舔我的臉
一副心滿意足的樣子

偶遇耶穌

在里約熱內盧
我遇見一個長相特像耶穌的人
他胸前掛著十字架，一雙眼睛深邃著天空的藍
他是一個計程車司機，載著我
穿越上帝之城，一路上和我聊著
巴西政客的貪污和腐敗
貧民窟每天都會死人的治安
以及人類的困境與不確定的未來
是耶穌在微服私訪嗎？
莫非他駕著一輛計程車在體察民情？
他不再是那個瘦弱男子
被釘在十字架上痛苦地呻吟，也不再是
那個佇立在耶穌山上1145噸的救世基督
永遠伸展著雙臂
卻從未把一塊麵包遞給挨餓的人
此刻，耶穌就坐在我的身邊
載著我穿過這座城市的富人區和貧民窟
一路關心著巴西，關心著人類

明天會更美好嗎？耶穌微笑著
收下了我的車資和小費

在宜昌遇見長江

可以看見，高峽出平湖
看不見的是，一條條中華鱘撞向大壩
再無法逆流至金沙江產卵了

長江流經這裡的每一個人
被截斷的它，變得平緩
一切都變得平緩：人們在黃昏中散步
遛狗，歌唱，游泳，垂釣
一對情侶用氣槍瞄準了敵人
一條從江中釣上來的魚，在火鍋中
閉上了眼睛

長江也流經這裡的詩人
在他詩句的礁石間激蕩，迴旋，衝決
在他縱橫交錯的臉上
悲苦忘記了枯水期

張獻忠曾用這段江水洗掉屠刀上的血跡
昨天，朋友栗海洋用一瓢江水
為我煮一鍋米飯
在解放路上的賓館裡，我枕大江睡去
「你被解放了嗎？」夢中有聲音問我
猛然，一條青龍
自我懷中衝天而去

不寫也是寫的一部分

我時常飲下一杯月光
更多的時候是黑夜
有時我加了幾顆星辰
更多的時候是石頭

黑夜裡我關燈睡覺
不再用手電筒在被窩裡翻查
禁忌的詞語
但失眠明晃晃得那麼刺眼
像是坦白從寬、抗拒從嚴的射燈

每天清晨我用露水淨眼
更多的時候是自來水
但已很少用眼淚

這是一個詩人的生活
我可以寫，也可以不寫
而不寫，也是寫的一部分

像失敗的革命一樣

雪封北國
那裡下起六十年未見的大雪
而在我居住的南國
窗外的樹木，依然鬱鬱蔥蔥

綠色的機器日夜轟鳴
一年四季都不曾改變的綠
多麼令人厭倦

像失敗的革命一樣，徹底枯萎一次吧
和鳥鳴一起，和我一起

遠離人群

在人群中我感到荒涼和擁擠
我喜歡來到山中
我看見了樹
樹也看見了我
它們在風中搖曳著枝條

我也看見了石頭
石頭也看見了我
它們飛上天就是星星
但它們不飛
只是安靜地和我坐在一起

更多的時候
我來到我摯愛的人當中
度過最平凡的時光
他們的數量，不超過十根手指
多小的世界啊
但已足夠容納我的餘生

成都行

連綿的陰雨天氣
有些人在憂鬱，有些人在憤怒
那就煮沸紅彤彤的火鍋
打通
所有被壓抑被結紮的器官

而我，面對一鍋的火焰和革命
畏怯不前
把一雙筷子搭成梯子
伸向了鴛鴦
粉白的藕片浮滾
我想到被油膩的手把玩的三寸金蓮

生於斯的畫家也在抱怨天氣
他用積攢在身體內的陽光
畫著花園裡的一朵朵玫瑰
那是誰？以玫瑰之名言說：
其實，世界上只有一朵玫瑰

在何多苓藝術館前
一隻兔子屈身坐在細雨中
像羅丹的思想者
代替我思想
而我思想的重量
是否會超過
一公斤紅蘿蔔和兩把青草？

只有培育基地裡的熊貓最快樂
一天二十四小時
牠們用十二小時啃食竹子
管理員告訴我：圈養熊貓的壽命
比野生的長三分之一

來到此地，不能不見杜甫
在草堂，他身披蓑衣在芟除雜草
他沒有向我展示
他新寫的詩作，也沒有告訴我

這占地三十畝的園子
是如何逃過了土改？
又如何逃過地產商的覬覦？

在眾人齊聲歌唱的夜晚
我寧願選擇「習靜一澗水」
在和一茶室
我看見，如此微小的茶杯
也映出我滿面的滄桑
女主人斟上珍藏的「豆蔻年華」
百孔千瘡的身體
把它過濾成一條條烏龍

聖誕致耶穌

我們又一次慶祝聖誕
就像你從未誕生過
我們在市政廳的廣場上
搭建了馬廄
和聖母瑪利亞、修士以及牛馬一起
看著你光華四射地在稻草中誕生
你的每一次重生
都是我們對未來的希冀
都是一次告誡：這是最好的年代
也是最壞的年代
你帶來的光
從未徹底根除人性的黑暗
當你從馬廄中站立起來
我們會再次把你釘在十字架上
讓你的每一道傷口都替我們流血
你永遠是一個主角
卻是人類痛苦的替身演員
很多時候，你並未尊享崇高

甚至在商業街瘋狂購物的顧客
也被比作「上帝」
一個個上帝正為購得打折的商品
而洋洋得意

鼓浪嶼詩歌節

柏拉圖不喜歡詩人，把他們
逐出了共和國
如果他們被放逐到一個海島
比如鼓浪嶼，又會怎樣？

他們穿行於遊客之中，看不出
有何特別之處
他們寫出的詞語，匯率比不上
官員的陳詞濫調
他們的憤怒
被風中的樹枝壓得很低

木棉花已經落盡，而舒婷
的橡樹在哪裡？
根本就沒有橡樹
詩人依靠虛構和想像
方能活到今天
但飢餓的時候，他們看見

橡樹結滿木瓜

到處是喧鬧的口腹之慾
「主是個好牧人」，羊依舊吃草
吃肉的依舊吃肉
而鋼琴沒有彈奏大海上的風暴
那麼在水上畫一雙芒鞋，或者
半夜聽詩人高亢的歌聲：
「我第一次死，卻忘記了帶鑰匙和錢包」

題山中一棵枯樹

我不再生長
但也不再退卻

我已經有了足夠的高度
高過仍在山坡上掙扎的灌木
高過被秋風吹進泥土裡的果實

我以質樸的赤裸擁有了天空
甚至宇宙
哪怕失去了所有的飛鳥

遠處是大海
這巨大的眼淚加工廠
並不知道我的存在

我要做的，是擁抱雷雨
我要積聚朽木的力量
拒絕去做一張床，或者一把椅子

沙漠的拒絕

沙漠的存在，本身就是漠然
就是浩大的拒絕

拒絕河流，拒絕被大海統治
拒絕一棵棵樹木生長
然後被砍掉

拒絕人類，但用最乾淨的手
洗淨他們無法帶回的屍骨

拒絕與不需要一樣
已經越來越稀少

駱駝並不需要人類
但牠不會拒絕
牠跪了下來
任人類把繩索穿進了鼻孔

烏鴉是美麗的

——題何多苓同名油畫

少女是美麗的
烏鴉才是美麗的

一百座雪山
在白色上加上白色
凝成純潔的少女

一千隻烏鴉
穿過黑夜的合唱團
飛成一隻烏鴉

只要它從少女的頭頂飛過
人間所有的噩耗
便化為了喜訊

母語

我熱愛母語中的很多詞
卻憎恨另一些詞

我想在母語中遼闊地行走
卻時常走進一座座監獄
一些詞被關押著
而看守，是另一些詞

我第一聲啼哭用的也是母語，
我只能在母語中行走
但走著走著會突然走進一片空白
所有的詞都不見了
我成了孤兒
我在其他語言中流浪

母語終歸是慈祥的母親
哪怕我遭受屈辱
也會拭去我眼中的淚水

拍著我的肩膀說：做個乖孩子！

文明、公民、公僕、民主、自由、反對、理性、
憲法、立場、人權、人格、世界觀……
每當我寫到這些關鍵字
也會為母語感到一絲羞愧
這些「字」曾於盛唐時東渡扶桑
又作為全新的「詞」
被輸入虛弱的母語的血脈
母語從此變得強健了嗎？
我看見魯迅穿過野草
吶喊著走來
魯迅，魯迅
母語至今只有一個魯迅

母語為帝王創造了他們御用的詞
「朕」還盤踞在龍椅上嗎？
我討厭這個詞

但我無法發動詞語的暴動
把它從新華字典中刪除
我只能把它翻譯成「I」

母語創造了世界上最美的形容詞
我穿上用這些詞剪裁的制服
光鮮亮麗，風度翩翩
看不出我的膝蓋已患有風濕
運動的肌肉正在萎縮

博大精深的母語，喜歡省略主語
省略「我」，而「我」在哪裡？
「春眠不覺曉」，那是誰，
還在春天裡沉睡？
鳥兒已經叫得所有的花兒都開了
「我」常常沒有面孔，也沒有聲音
「我」低到了塵埃裡

「我」是「鄙人」，我是「小民」，我是「小的」，我是「奴才」
「喳，奴才在！」

我的母語有動詞，但沒有
時態變位
甲骨文上的時間
依舊可以是今天的時間
但我相信，幾千年來母語一直在孕育一個動詞
一個開天闢地的動詞
它會在一個黎明
呱呱墜地

我飲故我在

酒，無法解決任何問題
但可以擱置
在水中點火，一陣灼熱
魚群游向更深處
一次次舉起杯盞，一面面白旗
時光的難民在原地抵達了彼岸地平線消失了
籠子長出翅膀，飛向天空
天地如此遼闊
我飲故我在
豈能辜負明月與大海的歡舞
登臨至六十五度的桅杆
我們才不是異鄉人
不為歡慶，只為喚醒遺忘
在純粹的酩酊中忘記
把愛情與死亡擰在一起的
一個個「然而」與「但是」

飲月光

關於月亮
我不關心任何登月計畫
只關心嫦娥姑娘
遙遠的她，已是離我們最近的
素顏美女

我也祈求天帝原諒吳剛
不要再砍樹了，亞馬遜的森林大火
已經燒了七天七夜

我依舊相信月光是水
水是最大的善良
它叫我知道渴，還有渴望
在水中，我洗滌身心
我看到了大海，我遊到了彼岸

中秋之夜，眾人大啖月餅
而我只是飲下
一碗又一碗的月光

雪茄槍[1]

我在追趕黑夜，舉起槍
擊斃了一盞盞路燈
這些黑夜的叛徒
然後面對熾紅的槍口
等待黎明
從白色的灰燼中升起

是這把槍，叫我練習
有限的自由
我是風，咬斷一條條絞索
把它們化為飄遊的雲

有槍在手，我不會匍匐於地
不會再做奴隸
站著，或者奔跑，才更接近星辰

1 雪茄槍：二〇一九年十一月四日，嚴力、臧棣、李笠、陸漁、默默、祁國、姚風等十多位詩人聚集澳門，舉辦「名城詩會」，詩會以雪茄為主題舉辦了同題詩比賽，此詩獲得第一名。

還有愛情

是誰製造了這把槍
我嗅到槍身上的指紋，如此芬芳
槍筒內，我發現一封
來自哈瓦那El laguito[2]的書信

總有一天，會是自決之時
我舉起槍，朝向自己
群山如墓碑，向我圍攏
我笑了，沒有任何的遺憾與眷戀
我留下的灰燼，也同樣很白
這是白色上的白色

[2] El laguito：為古巴生產優質雪茄的工廠，其絕大部分捲煙工為女性。

蒼茫與無限

——為梁藍波同名攝影集而寫

1

劈開石頭，穿牆而過
用嘴唇點亮你身體的燈籠
在大地的婚床上
愛與被愛，渾然一體
火焰在燃燒與灰燼之間
遊走搖曳，不肯熄滅

2

陽光和雨水在此滯留
留下需要破解的符語
在綠色血管裡行走太久的人
突然理解了
為什麼許多樹枝
無需結出果實

3

我只能用我的眼睛凝視天地
我也可以說
我的心略大於整個宇宙

我瞥見了古遠的昨日
我看到了閃耀的今天
卻依舊無法領悟未來

宇宙湧動，江海奔流
誰在泅遊橫渡

4

靈魂在心電圖中顯影
尋找肉身

懸崖的酒杯

飲盡了愛恨情仇

信仰浩渺無垠
目光抵達的星辰
即是歸宿

5

大河奔流，每一個碎浪都是訣別
群山奔跑，為一捧白雪而去相聚

雲把綻放當作流放
雨跳入水的最深處旅行

6

在荒寂的沙漠行走
駱駝已經死了

折下一縷月光
當作拐杖

沒有方向
巨大的陰影也不是我的歸宿

7

這裡是無政府主義的抽象
每一塊色斑，每一粒砂礫
體現的
都是天然意志

這裡沒有命令和階級
也沒有大批的人類被批發
或者零售

8

拆掉圍牆吧

所有的牆都應該是廢墟
在廢墟上旅行
才是真正的旅行

世界之大，旅行之遠
乃因沒有圍牆

9

眼淚燃燒
在牆上留下悲傷的印記
大炮喑啞
是誰校正了愛的射程

10

星河遼闊
每一顆閃耀的星辰
都可以是終點

我奮力擊水，抵達了彼岸
但彼岸
並非最終的抵達

11

這不是時間臉上的老人斑
時間未老
他永遠是一個少年
哪怕年齡已有三十億光年
老去是我，還有你
我們只是臨時的時間記錄員

12

天空不抄襲天空
每一天的雲都是原創
大地不抄襲大地
每一個春天都開出新的花朵

今天的我不抄襲昨天的我
只因我離開了合唱團
只因我和你在一起

13

黑夜的配額
已經用盡

大風吹白
青春的秀髮

14

雲如鳥群
掠過我們的頭頂
加深了
我們的陰影

只要我們走過
便有屬於我們的事物
留在牆上

15

有一粒沙子，就有大漠荒路
有一滴雨水，就有大河奔流
靜坐雲端，傾聽月光的奏鳴曲
在大地勞作，捆起一束束陽光

16

吻你的嘴唇
就像大海吻一朵水的火焰
吻你的腳踝
吻你腳上的瘀青與血泡
我們走過沙礫，溝壑與群山
終於來到神的面前

17

枯乾的落葉，沉默的石頭
縱橫而寂寥的陌路

明月高懸
像一個未眠人凝視著人間

依舊有人跋涉
與永恆的孤獨為伴

18

請允許我
在這片土地上種下兩棵樹
一棵是棗樹
另一棵還是棗樹

19

仰望星空
並非無用而徒勞

仰望是為了更深地低下頭
更清晰地看見塵世

20

今天我不關心人類
只關心一頭老虎是否逃出了馬戲團
一隻螞蟻是否把糧食運回了洞穴
今夜我挪動一顆星子
與黑暗中的神祇對弈

21

如何找出群山運動的邏輯
如何統計星辰湧動的數學

如何預測心靈交匯的電流
抽象與具象的碰撞與交織
構成了世界的和諧與秩序

22

無需塗寫「到此一遊」
我們要學習欣賞
時間的風雨
如何在方寸的宇宙之內
潑下蒼茫與無限

23

卸掉韁繩
任馬自由地奔跑
把我帶至大地的盡頭
帶至馬要去的地方

24

那些當年築牆的人
紛紛從牆內走了出來
如飛蛾
向有光的地方飛去

不遠處
葡京娛樂場霓虹閃爍
刺傷我的雙眼

25

把生活中瑣碎的細節
刻寫在石頭的墻壁上
任風雨吹打
任陽光曝曬
最庸常的部分
也煥發出絢麗的色彩

26

愛所有的黑夜和星辰
我這樣想著
陽光就穿過厚厚的牆壁
來到我的臉龐

27

我越過高牆
像炮彈一樣奔跑
我要抵達
比炮彈更遠的地方

28

一八八八年八月八日
那個叫西蒙的葡萄牙士兵
站在這堵牆上眺望
越過大海和高山

他看見了故鄉阿連特如
思鄉之情如芯片
已嵌入所有遊子的心魂

29

那朵火焰
哪怕燒焦了肉體
哪怕留下斑駁的疤痕
也要抵達
靈魂需要的溫度

30

很多牆還在
這堵牆還在
而柏林牆
已經倒塌三十年了

31

時間握著手術刀
為每個人施行整容術
牆是一面鏡子
映出臉的邊界

32

血從來不是寂靜的
它流過心臟，發出紅色的聲響
情書在燃燒
婚禮在進行
我謝絕參加明天的葬禮

33

我們從歷史的雜貨店中
買來糖果舔舐

卻不知道在抽象的糖紙上
隱藏著對未來的讖語

34

我邀請繪圖師描畫我的夢境
而他卻在跋涉噩夢時死去
只留下靈魂的骨灰
在大地上拋灑冷寂的色彩

35

是誰在牆上捶打虛無
留下無垠的坑洞
以及虛幻的色塊

茫茫宇宙
人類是具體的虛無
我翻過牆，被夜色消解
但牆仍在那裡

36

大炮依然面向前方
前方遊人如織
而誰是敵人呢

讓我們把一門門大炮
改裝成望遠鏡和萬花筒

但願沒有爭戰
只有花園和詩

37

我沒有懸崖勒馬
甚至沒有回首身後
我伸展雙臂，準備飛翔
上帝恩允我，在短暫的飛行中
長出翅膀

38

白晝與黑夜
把我推至路的盡頭
命令大地與群山
把我擁入懷中

39

我在花園
埋葬了那頭死去的猛虎
但虎嘯依舊在耳邊迴響
彷彿在提醒我
有一份遺產需要繼承

40

我脫下制服
裸露出習慣於黑暗的身體
像一個無用之人

慵懶地依著厚厚的牆
任散漫的陽光
把我的身影刻入牆內

41

我是一隻蝙蝠，為了生存
把自己進化得如此醜陋
醜陋得讓人類厭惡，醜陋得我
自己對鏡子也充滿恐懼
而饕餮的你們，依舊剪掉我的翅膀
我只能用病毒擊潰脆弱的你們
此時，你們成群地走向荒漠
戴著口罩，順便保持沉默

42

我不相信穿牆術
也不相信誰可以從這面牆翻越
但我看見鳳凰樹的枝頭越過了高牆

只因高處有更強烈的陽光
只因牆的另一邊有位賞花之人

43

沒有牆，也沒有門
沒有上帝，也沒有羔羊
沒有方向，只有四周
只有一塊大地
手牽著另一塊大地

44

在遼闊的寂靜中
我可以輕易記起身後的事物
也可以輕易把它們忘記
我可以預測未來
卻無法把下一個我找到

45

一個男人依著牆
舉起望遠鏡向遠方瞭望

遠處的陽臺上
一個紅衣女人也在瞭望
她像一朵玫瑰在怒放

46

閉上雙眼，就是一面牆
就是黑夜
我用它抵禦黑暗

47

這奔跑的大地，我看見它
它就是我的財產

如果我們看見
它就是我們的財產

48

我需要浩渺與無垠
來容納我的寂寞
因為我的寂寞
是一塊石頭，是一顆沙粒

49

大海燃燒
留下火的灰燼
留下方舟的遺骸
淵谷深處
依然有歌聲傳來

50

這裡是無名之名
這裡有未解之解

一切未曾改變
一切正在發生

回聲不會暗啞——讀姚風的《遠方之歌》

詩人　向明

從事詩寫作，詩銓釋，讀過古今中外的詩作無數，時間已近一甲子，再也沒有今天讀到姚風的《遠方之歌》那麼令我衝動，令我不能自恃，想一吐我心中激蕩出來的回聲。回聲是不會暗啞的，如果山谷有寬廣的胸襟。

我與在澳門的姚風並不太熟，祇在幾次被邀到澳門的文學活動時見過面。祇知道他的葡文很好，幾次有葡萄牙人參與的集會，都是他擔任口譯。現任澳門大學葡文系教授。他主編一本《中西詩歌》，曾經向我約過稿。零零散散讀過他登在《中西詩歌》和國內少數報刊的詩，並無太多特殊的印象。二〇〇七年三月九日到十二日我應邀到珠海的北京師範大學珠海分校舉辦的「兩岸中生代詩學高層論壇」發表論文，在那裡會後最大的收穫是獲贈了來自全國各地詩的專家學者所贈的研究著作達卅餘冊，有的厚得像一塊紅磚、譬如青年文學博士王珂所著的《詩歌文體學導論》，以及寧波大學教授錢志富的《詩心與現實的張力結合：七月詩派研究》；山東大學文學與新聞傳播學院教授孫基林的《崛起與喧囂》等等。有的大得像地磚，像楊克編的《中國新詩年鑒》，姚風主編的

《中西詩歌》以及由四十二篇論文厚達二百七十頁的論文集，使我小小的行李箱不堪負荷，險些帶不回臺灣。到底還是詩人比研究詩的教授體貼，他們只送我一冊薄薄的精緻小巧的詩集，這些薄的詩集由於攜帶方便，得以隨時受到我的青睞，像姚風的這本《遠方之歌》便得到這種便利。

姚風的《遠方之歌》只收入他三十首短詩，各譯成葡文英文兩種外文，包括三張水墨插畫，總共還不到一百面。然而對一個人的閱讀詩的能力言，這樣的內涵是極恰當的，既不會因量多而哽咽，也不會因質粗而消化不良。當然這些都不是引起我對姚風詩的興趣最大原因，而是當我讀到他的作品後，所帶給我的驚異。在此舉世禍害滔滔，路無甯日，無人不面露焦慮、恐懼和不安的時候，姚風的詩為什麼能那麼鎮靜、沉著，有著那麼高貴的紳士品味呢？是他一直親近葡萄牙文學那種特具的魅力而受到影響，還是發現現在的詩也和社會現象一樣充斥著貪婪、無聊、自瀆。詩的詩言百病雜陳，怪異、破碎和去意義化已使得詩在人眾面前、成了人人見而遠避的怪獸，因而使得他警惕，而提醒他詩應是一種清流、一種高級品味，詩應回到人性的書寫，體現人對自己的真誠發現，和一個實體的人一樣，有著自己的體溫，脈搏和血壓。我們讀姚風《遠方之歌》的這些詩、便會發現他真的是在依循這個自省而出的詩的理想，而作自我的追求，因此我們才驚奇的發現，他是多麼的與眾不同。

要看一個詩人是不是真的努力在追求詩，全看他取材的態度，看他是不是「但肯尋詩便有詩」；看他是不是能發現前人所未見的，想到前人所未想到的，更要能寫前人所不敢或恥於去寫的。姚風寫了為大多數詩人所遺漏了的人過世後所留下的〈遺物〉，渾身插滿管子的〈植物人〉以及從白色的被單中伸出一隻手的〈在聖瑪麗亞醫院〉、寫器官已被摘除的〈一聲鳥鳴〉。他寫這些詩也是不動聲色，像是站在一旁寫生。我們且看他如何用詩處理這些「遺物」：

病床破舊、桌子上
塑膠花不會凋零，已落滿灰塵
健康的家屬們，用一道哭泣的牆
圍繞著親人
窗外，木棉花正在怒放
映在窗子上，像是咳出的一口口血

我們開始整理遺物：記事本、手提電話
鏡子、梳子、外套、皮鞋、滋補藥品
其中那塊精工牌手錶、滴答滴答
仍舊跑個不停

詩人為詩不動聲色，卻把詩中的靜物，灌進去了存在的動能，像「用一道哭泣的牆／圍繞著親人」；映在窗子上怒放的木棉花「像是咳出的一口口血」；那塊精工表滴答滴答「仍舊跑個不停」。整首詩呈現的本應是一個慘淒淒、悲切切的喪家場景，然而詩人不用任何情緒的字眼，也不去勾勒哭喪的場面，只讓物在人亡的景物說話，讓肅穆彌漫的氣氛感人。詩像馬致遠那首〈天淨沙〉一樣，不言孤寂，而孤寂就在眼前；不表傷感，傷感卻打動眾多讀詩人的心。意象運用之自然精準，某些反諷的運用，「塑膠花不會凋零，已落滿灰塵」，視力之敏銳，使人歎為觀止。

姚風的詩筆也真像逐臭之夫，還膽敢寫些別人不屑入詩的題材，以逞其意象運用之靈巧和不拘一格的氣派，像〈鹹魚〉這樣的詩，讓現代人一見就生畏的一個「鹹」字，就令人不敢領教了。而姚風卻寫「鹹魚翻生」的噩夢，寫得無限傷情。姚風寫道：

鹹魚如何翻生

你曾經在水中翱翔，尋找那根銀針
曾經許下海枯石爛的誓言
曾經跳出水面，俯視滔滔海浪
如今，你懸掛在太陽下
風，抽乾你身體中的每一滴海洋
命運強加給你的鹽
醃製著大海以外的時間

但你不肯閉上眼睛
你死不瞑目，你耿耿於懷
看見屋簷的雨，一滴滴匯成江河

一條鹹魚，夢想重回大海

〈鹹魚〉一詩是一個語帶嘲弄的隱喻。魚的命運和人的命運一樣，任何生物一旦失去了生存應有的自由，連「眺望」都不可能，且被壓榨醃製，哪裡會甘心閉眼，豈無翻生回原的大夢？這在我們這個時代環境已是見怪不怪的一件事。詩的語言樸素，可說無一字不能懂，但仍一貫的冷靜，平淡中獨具生趣。第二段中幾個「誇飾」意象的出現，如「風，抽乾你身體中的每一滴海洋」，猶是一種巧思下的轉品。

姚風的詩都是短詩。詩雖短，但仍具戲劇張力，且語態詼諧，有時真像一個冷面笑匠，讀完令人不得不哈哈幾聲，然卻都透著寒冷。像這樣的短詩有〈狼來了〉、〈車過中原〉、〈長滿青苔的石頭〉、〈魚化石〉、〈遠處的風景〉等幾首。這樣的詩開始看似平鋪直敘，而一句煞尾，卻立即扭乾轉坤，頹勢馬上變為優勢，詩的境界全出。且看一首極短的魚化石：

向著你淚水的海
多少人去了
帶一把湯匙
我也去了
去做一條魚

「帶一把湯匙」和「去做一條魚」是兩種不同的選擇。有人已淚流如海了，卻還有那乘人之危之輩，想去撈他一點什麼好處。而我卻感同身受願變作一條魚，同遊淚海，分享悲傷。前者是短視的貪圖目前，後者則有海枯石爛，此身成為化石也心甘情願。這是一首詩短意長的情詩，不是作古正經的對你（妳）表白，而是俏皮有趣的逗你（妳）開心。〈狼來了〉也是一種啼笑皆非的結局。「狼來了／羊們沒有跑／只是停止了吃草／牠們排成整齊的隊列／像一朧朧棉花／／狼嗥了一聲：天氣真他媽熱／所有的羊／都脫下了皮大衣」。明明是一場惡狼吃馴羊的血腥場面，詩人卻改編成蠢羊自動排隊，自動脫衣的默劇表演。我們不得不佩服姚風有笑中帶淚的黑色幽默的巧思。

有評者總認為現在的詩都沒有大格局，祇在個人的私領域自我吶喊或呻吟。而更有人則以為詩歌對大的關注應該削弱，對小的關懷應該重視，即通過對普通人和現實事物，當下事物的細緻窺探，達到詩人與時代某種呼應。姚風看來是後面主張的絕對服膺者，看他這三十首詩作的內含題旨，便足可證明姚風是一個冷靜的關懷弱小、重視現實的傑出詩人。

打開黑夜之書——評姚風的詩

詩人　黃粱

前言

姚風，本名姚京明，詩人、翻譯家，一九五八年生於北京，後移居澳門，曾任澳門特區文化局副局長，現任澳門大學葡語系副教授。著有《寫在風的翅膀上》、《一條地平線，兩種風景》、《瞬間的旅行》、《黑夜與我一起躺下》、《遠方之歌》、《當魚閉上眼睛》、《枯枝上的敵人》，以及譯著《葡萄牙現代詩選》、《澳門中葡詩歌選》、《安德拉德詩選》等十多部，亦有二十餘篇學術論文發表於中外學術期刊。愛好藝術，舉辦過攝影展和裝置藝術展。曾獲第十四屆柔剛詩歌獎、二〇一三年兩岸詩會桂冠詩人獎，葡萄牙總統頒授的聖地牙哥寶劍勳章。姚風多年前促成內容精粹的《中西詩歌》季刊的誕生並任主編之一，也是具有國際性視野，串連書寫、翻譯、出版、文學、藝術的澳門文學節、中葡詩人對話等文學活動策劃者。這樣一位閱歷豐富，視野多元，位居社會主流的文化人，他的詩篇理應姿態飛揚引領文化風騷！事實不然，姚風詩相當低調而內蘊悲沉。

澳門一九九九年十二月二十日由葡萄牙移交中國成立特別行政區，面積30.3平方公里，人口636200人（二〇一四），人口密度世界第一。澳門回歸中國後開放賭權，發展為世界第一大賭城，人均GDP排名全球第四名（二〇一四）。澳門的社會福利體系相對完善，但貧富差距懸殊。澳門以華語與葡萄牙語為官方語言，使用繁體中文，《中西詩歌》即是一本繁體中文刊物（但常見繁簡轉換不自覺的錯用字）。二〇一四年的「澳門文學叢書」由作家出版社印行，內收一本姚風一九八九－二〇一三年詩選《枯枝上的敵人》。今年五月，鐵葫蘆詩歌又出版了姚風精選詩集《大海上的檸檬》，本文依此對姚風的詩歌進行闡釋與衍義。

一、福馬林中的孩子

姚風在澳門文化中心舉辦過一次裝置藝術展，其中一個作品《詩歌把福馬林變得不朽》，玻璃瓶裡不是裝著防腐藥水，而是姚風寫過的一首詩〈福馬林中的孩子〉：

在病理室
看見你坐在福馬林中
冰冷，浮腫，蒼白
卻沒有腐爛的自由

嘴唇微微張開
還在呼喚第一聲啼哭
緊攢的小手
抓住的只有自己的指紋

你沒有腐爛的自由
你讓我對生活感到滿足
呵，自由，腐爛的自由
我畢竟擁有

這首詩採用對照手法，「防腐液中的嬰兒」與「病理室的觀察者」進行了一次無聲交談。封存的標本是沒有未來的，而自由走動的觀察者則有，從比較中敘述者獲得心理優越感；誰說生活在此地的人沒有自由？「腐爛的自由／我畢竟擁有」，反諷意味濃厚。讓敘述者感到畸形滿足的「此地」在哪裡呢？有兩層指涉：一層乃標舉中國特色的社會主義國度，生活在此的人民擁有豐盛的任君腐爛的自由，這是一種由極權政體所定義的「自由」，它恰好是自由的悖論；它由森嚴的規章與管理構成，思想與言論被單向度的意識型態戒律所框架，生命被拘囚在限定的「自由」中，誰也別想飛出牢籠；但敘述者因為比死嬰略勝一籌而獲得阿Q式的精神勝利。「此地」的第二層意涵指涉病理室，在病理室（詩意空間）這個特殊場域，詩人得到透視存在真相的能力與勇氣，但此乃暫時性詩歌精神的加持，「文本自由」之外，「生命自由」依然渺不可得；堪忍與不堪忍持續拉扯的悲情瀰漫於整本詩集……

〈那片天空〉

鳥兒已經夭亡
但我還保留著籠子
保留著鳥兒
曾經跳躍的那片天空

為了讓那片天空繼續天空
我代替了鳥兒的位置

「鳥兒已經夭亡」，這是一支刺向自己穿胸透背的匕首，以籠中鳥轉喻拘囚的心靈，影射「自由」已經夭亡。「那片天空」因為被囚禁太久而病危，此時詩人挺身而出，「我代替了鳥兒的位置」，令人愴然淚下的悲劇人物之舉止，詩篇以隱喻模式表達生存悲涼。

這恐怕不是普遍的時代見識，也非尋常詩人敢於觸摸的題材；但詩篇語調如此平靜，彷佛只是生活常識大家都懂的，毋庸大驚小怪。文本內涵雖然被隱喻所遮掩，要通過審查機制還是不容易，出版了又能進入文學批評視域難上加難；鑽入體制的籠子總是有某種方便，當然，更重要的功能是自我療愈。就像〈朝著光〉所表白，飛蛾即使折斷了翅膀，也依然要「拖著夜色／像蝸牛／朝著光緩緩爬去」，這是生命追求自由與光明的本色使然，但不知道誰？總是要「訓練牠／如何留在黑暗」；這個「誰」不言自明，但作者不敢直接戳破。文本自由還是有限度的，心靈必須小心翼翼地自我控管。

面對宿命般的生命困境難道不會精神分裂嗎？姚風有兩首詩觸及此命題。〈絕句34〉敘述有人做了一個夢，夢見一群看客圍觀你「表演吞刀」，顯然是個噩夢，因為「黑夜還沒有結束／那把刀還沒有拔出來」，人造的黑暗與致命恐懼侵入了潛意識深處。誰能造就出這種無法自我結束的黑暗？誰來回應這個提問？姚風以〈鴕鳥〉嘗試自問自答——

我只能用面孔
去改變鏡子裡的事物
水銀已凝成冰冷的大字
——坦白從寬，抗拒從嚴
屈從明天吧，那即將放棄的部分
一個生活的被告

終於供出所有的祕密
就像咳出最後一口濃痰

因此，我變得更加沉默
把頭埋進胸膛，彷彿鴕鳥
用翅膀埋葬了天空與飛翔

「鏡子」映現出兩種真實，現實鏡相與心靈鏡相，如果現實是鐵板一塊改變不了，只好乖乖地自我改造；很簡單，只需要把「我」的面孔改造成「非我」就行了。這代表我的所有「明天」都將被迫放棄自主權，悲情意緒與〈福馬林中的孩子〉類似。只是這首詩多一個象徵性姿勢：「把頭埋進胸膛」，正是個人鄉愿的姿態與集體的惡勢力協同造就了社會永恆的黑暗。

二、狼來了

姚風詩擅長對社會現象之「果」進行曲線分明的雕刻，重大缺憾是對於「因」支支吾吾，詩人對極權政體的心理恐懼可以理解。姚風詩的語言節制，分寸感拿捏得宜，內涵的撫摩點到為止，但文字爽辣精準。他擅長以動物的行為隱喻人類社會，前面說到鳥、蝸牛、鴕鳥，接下來輪到狼與羊。「狼來了」是一個古老寓言，受難的羔羊也歷史悠久。〈狼來了〉寫得像幾頁兒童圖畫書，天真逗趣中流露出殘忍的悲慟之情——

狼來了
羊們沒有跑
只是停止了吃草
牠們排成整齊的佇列
像一壟壟棉花

狼嗥了一聲：天氣真他媽熱！
所有的羊
都脫下了皮大衣

這首詩簡直可以拍成一部偉大的時代動畫，如果羊的數目有上百萬，擠在天安門廣場聽候差遣，場面一定震撼人心。第二部動畫叫做〈牧羊人〉，快利精確的姚式剪接——

我，一個糟糕的牧羊人
始終無法把羊和雲分開
直到有一天狼來了

現在我知道，雲就是雲
羊呢，就是那些骨頭

羊與骨頭之間到底發生什麼事？一片虛白隨便看官去猜！無言竟比有言還要驚心動魄；大概只有詩人敢於這樣幹，能夠這樣幹。

姚風為時代造象的手法走的不是寫實路線，象徵意味濃厚，語言簡練但勁道十足，既不囉唆也不含糊。他擅用意象的類比與對比來塑造張力，以低限的元素達致廣闊深刻的詩意。「羊」與「棉花」是白淨鬆軟的類比，從活生生的羊轉成物質的棉墊，卻是「生命」與「無生命」的對比。白羊脫下皮大衣之後蛻轉成血腥的紅，更是「生」與「死」的強烈對比，白雲、白羊與白骨的關係也是類似序列的轉換。這些殘酷內竟被粗枝大葉的語言巧妙掩飾著，形成巨大反差。姚風詩不見輕露直率的「理語」，情思蘊藉，味在鹹酸之外，詩的美學風格獨特。

通過死亡意象思索生命的價值，代表負向價值氾濫而正向價值缺席，〈葬禮〉這首詩就是一個典型，生命竟比荒草還卑微，比泥土更貧窮。一個人下葬了，「甚至周圍的荒草／也昂首挺立，把你俯視／這塊土地，因你的加入／變得和你一樣貧窮」。這窮鄉僻壤般的「人」是誰呢？一生為何活得如此草賤？姚風勾勒出來的時代圖象你可熟悉？

〈家園〉

我的家園
瓷器有十萬種型態
但每一種都很脆弱
如難以治癒的傷痕

我的家園
絲綢滑潤如水的皮膚
落葉中匍匐的春蠶
用死亡吐露出錦緞

我的家園
人人懷抱一把茶壺
即使用煉丹術沖泡的古茶
也沒有把時間變成平靜的國度

我的家園

在太陽的正面書寫光榮與驕傲
在太陽的背面刻下悲傷與恥辱
遼闊的傷口中，鳥兒飛進飛出

這首詩採用典型的四行詩體，以「我的家園」首語反覆帶動詩意的波濤，四個詩節意境相對獨立，一層迭置一層，漸次推蕩出洶湧巨浪。「對比」還是詩意空間建構的核心模式：瓷器型態精緻（完美）但質地脆弱（易碎），華麗絲綢（生）來自煮沸了蠶繭（死），古茶被時間沉澱（平靜）但心靈依然不安（躁動），光榮驕傲（正面）混雜悲傷恥辱（背面）。詩篇提到瓷器、絲綢與茶，都是中國文明的象徵，「遼闊的傷口」跨越澳門這彈丸之地，但傷口究竟多遼闊？誰也無法測量，更別提要縫合了；「我的家園」是「祖國」的另一種說詞，指涉的不是土地而是國家政體。到底是什麼要命的體制造成了闊大的傷口？詩裡沒有交代，講白一點，「狼」是誰沒人敢追究，「羊」只好繼續扮演骨頭。

三、打開黑夜之書

姚風的詩，做為心靈診斷書具有自我診療的救急功能，避免精神過度虛無導向生命崩潰邊緣；可是，文本的自由幻影豈能輕易代換為生命的實質自由？詩人誠摯的書寫勇氣仍然值得讚許。沒錯，這是一場懸殊的博弈，任何渺小的個人都無法與龐大的集體對弈，只能夠與虛幻的鬼影對打，以此獲得心理上的暫時平衡。人生模式註定只能如此？還是鮀鳥加阿Q的國民性格造就了歷史選擇的困境？

〈枯枝上的敵人〉

天空像一場失敗，一下子
就暗淡下來
豢養的孤獨，像打手
在形骸裡擺好了姿態

一場懸殊的博弈，只能自取其辱
手留下的不是手
是沾滿血跡的手套
讓身體折磨身體
以此來獲得心理學的意義

狼籍的星辰，不過是石頭
是虛無的重量

外面，風把枯枝一根根折斷
這細碎的聲響
彷彿敵人，在人間節節逼近

姚風25年詩選採用「枯枝上的敵人」做書名，代表詩人一貫明晰的寫作自覺，「枯枝一根根折斷的聲響」像似揮之不去的心理折騰，日夜威脅著一個誠實可靠的朋友，他，要嘛割去耳朵，要嘛反擊讓生命騰空的虛無。「沾滿血跡的手套」是帶有潛意識印記的意象，如割耳之後蒙上的繃帶，一種形上宣誓，顯示「至少我拒絕過」的自我悲憫，這首詩達到了深刻的心理層次。

姚風寫得最好的詩，同時具備了詩學、社會學、心理學三重意涵。一方面，他凌空揮舞詩歌匕首與廣大的集體黑暗對抗，藉此顯影生活中「無所不在的牢籠」；另一方面，也為個人生命留下自由呼吸的餘地，以詩歌寫作不懈地自我提醒：「我還沒有窒息」。這是一場艱辛漫長的心靈掙扎與自我審判，長夜無邊，誰來救濟？

〈黑夜之書〉

我打開一本黑夜的書
一群蝙蝠迎面撲來

獵殺了所有的星辰之後
牠們吊掛於我的肩膀上

時間熔成一個岩洞
我在裡面失去了身體和光源

我打開一本黑夜的書
卻無法把它合上

從詩學角度而言，詩是一扇打開世界的門，「詩人的功能無關乎已經發生了什麼事，而是可能發生什麼事，依照概然或必然律什麼是可能的。」（亞里斯多德《詩學》），詩人把門打開後，發生了幾件怪事（依概然或必然律發生了）：「一群蝙蝠撲來，獵殺所有的光源」、「時間消逝轉換成空間岩洞，個體的物質與能量也接續著歸零」、「一扇打開可能世界的門變成打開固定世界的門，世界永恆停滯於黑暗」。「詩」被「現實」掐住了脖子，永無翻身之地；詩學、社會學與心理學的三重意義迭合成一本「黑夜之書」，詩是黑的，世界是黑的，我的心也是黑的，天地人俱黑。多麼徹底的絕望！救贖的可能性在哪裡？

姚風詩並不完備悲劇的性質，因其情節極其單純缺乏戲劇性的轉捩點，它內蘊著一個性格與行為反應必然導致黑暗結局的悲劇人物（敘述者），但缺乏反抗自己柔弱意志的抗爭與盼望，人的尊嚴也無從依此敘述環節而確立。姚風身處意識型態嚴峻的政治環境，時時要提防「舉頭三尺有索套」的言論檢查，文本以「隱語」遊走在諷刺與趨避的間隙，難能可貴地寫出了獰惡而可憐的時代相，詩篇在太陰中乍現微光。

姚風詩的誠樸文字與冷靜敘述具有洞觀時代真相、澄明心靈困境的淨化作用，摒棄油彩般濃烈的狂塗吶喊，詩篇顯現出簡潔沉實的雕刻感。它既非口語寫作的平鋪直述，也不走知識份子寫作的蓄意曲繞，而是既直捷又深入，語調定靜清明但詩意空間有層次感。姚風以短詩見長，詩意空間架構並不複雜磅礴，但言之有物少見浮誇，令人感受到「好漢剖腹來相見」的一貫詩意之誠，最為難得。

四、遙遠的海

〈絕句36〉

你的眼睛像一片海洋
遼闊，湛藍，深邃

風來了，掀起陣陣波浪
如一朵朵白色的燈盞
照亮了

海底的珊瑚與沉船

〈絕句57〉

我從疾風中拉回一匹馬
我拍拍馬背
把枯黃的詩稿當作夜草

馬不時打著響鼻
快樂，無憂無慮
夜愈加靜寂
在馬的身上長出濃密的鬃毛

這些字語彷彿來自遙遠的海，甚至吹拂著異域風光，深邃寂靜的浪花拍打心靈海岸；咀嚼著詩稿的無憂之馬啊！你在何方？時代的黑暗怎能將你吞噬殆盡？姚風的詩質純粹而心靈誠樸，感覺細膩知見有深度，具足一個抒情詩人的優秀條件；可惜這些抒情元素往往來不及充分展開，就被八方洶湧的黑潮給吞沒了。時代要造就一個詩人難如鑄山煮海，掐死一個詩人只是舉手之勞。姚風小心翼翼地立足於沼澤般的時代環境裡，還要捫心自問清醒提筆，真不是件快意之事。姚風有首詩提到：每當塔樓的鐘聲響起，身體內總有什麼東西，「被震落，被粉碎／塵埃、碎片、廢墟／我的生活忙碌無比／／我說的是身體／而內心，像遇難多年的礦工／好久沒有被說起了」（〈絕句104〉），能對鐘聲有反應的身體還不是麻木的廢墟！在黑暗礦坑裡，哪個礦工不是灰頭土臉呢？

只是一個眼神，一個微笑，一滴眼淚
一個詞語，一個電話，一道掠過心間的閃電
一場沖進窗內的暴雨
抑或只是一個瞬間，一個動作
命運就在須臾之間，就是一念之差

——《命運》節選

遙遠的海，一晌幻現在十指之間。

【參考文獻】

姚風，《枯枝上的敵人》，作家出版社，二〇一四年。
袁紹珊，《袁紹珊的詩》，《中西詩歌》總41期，二〇一二年六月。
卞之琳，《卞之琳》，書林出版有限公司，一九九二年。
亞里斯多德，《詩學》，劉效鵬譯注，五南圖書出版，二〇〇八年。

貓空－中國當代文學典藏叢書 14　PG2842

深海點燈

作　　者	姚　風
責任編輯	陳彥儒
圖文排版	黃莉珊
封面設計	簡　潔
封面完稿	吳咏潔

出版策劃	釀出版
製作發行	秀威資訊科技股份有限公司 114 台北市內湖區瑞光路76巷65號1樓 電話：+886-2-2796-3638　傳真：+886-2-2796-1377 服務信箱：service@showwe.com.tw http://www.showwe.com.tw
郵政劃撥	19563868　戶名：秀威資訊科技股份有限公司
展售門市	國家書店【松江門市】 104 台北市中山區松江路209號1樓 電話：+886-2-2518-0207　傳真：+886-2-2518-0778
網路訂購	秀威網路書店：https://store.showwe.tw 國家網路書店：https://www.govbooks.com.tw
法律顧問	毛國樑　律師
總 經 銷	聯合發行股份有限公司 231新北市新店區寶橋路235巷6弄6號4F 電話：+886-2-2917-8022　傳真：+886-2-2915-6275

出版日期	2022年11月　BOD一版
定　　價	350元

讀者回函卡

Printed in Taiwan

國家圖書館出版品預行編目

深海點燈/姚風著. -- 一版. -- 臺北市：釀出版, 2022.11
面； 公分. -- (貓空. 中國當代文學典藏叢書；14)
BOD版
ISBN 978-986-445-739-7(平裝)

851.487 111016980